**ROGERIO SKYLAB**

KOTTER
EDITORIAL

*Diretor editorial*: Sálvio Nienkötter
*Coordenação editorial*: Claudecir de Oliveira Rocha
*Editor-executivo*: João Lucas Dusi
*Editor-assistente*: Luiz Felipe Cunha
*Capa*: Paula Villa Nova
*Design editorial*: Carlos Garcia Fernandes
*Produção*: Joehverson Guslem Jacob
*Preparação de originais e revisão*: O Autor

Dados Internacionais de Catalogação na Publicação (CIP)
Angelica Ilacqua CRB-8/7057

Skylab, Rogerio
Homem-Urubu / Rogerio Skylab. -- Curitiba : Kotter Editorial, 2025.
176 p.

ISBN 978-65-5361-391-1 (Kotter)

1. Contos brasileiros I. Título

CDD B869.8

25-0827

KOTTER EDITORIAL

Kotter Editorial Ltda.
Rua das Cerejeiras, 194
CEP: 82700-510 - Curitiba - PR
Tel. + 55(41) 3585-5161
www.kotter.com.br | contato@kotter.com.br

Feito o depósito legal
1ª Edição
2025

**ROGERIO SKYLAB**

# Sumário

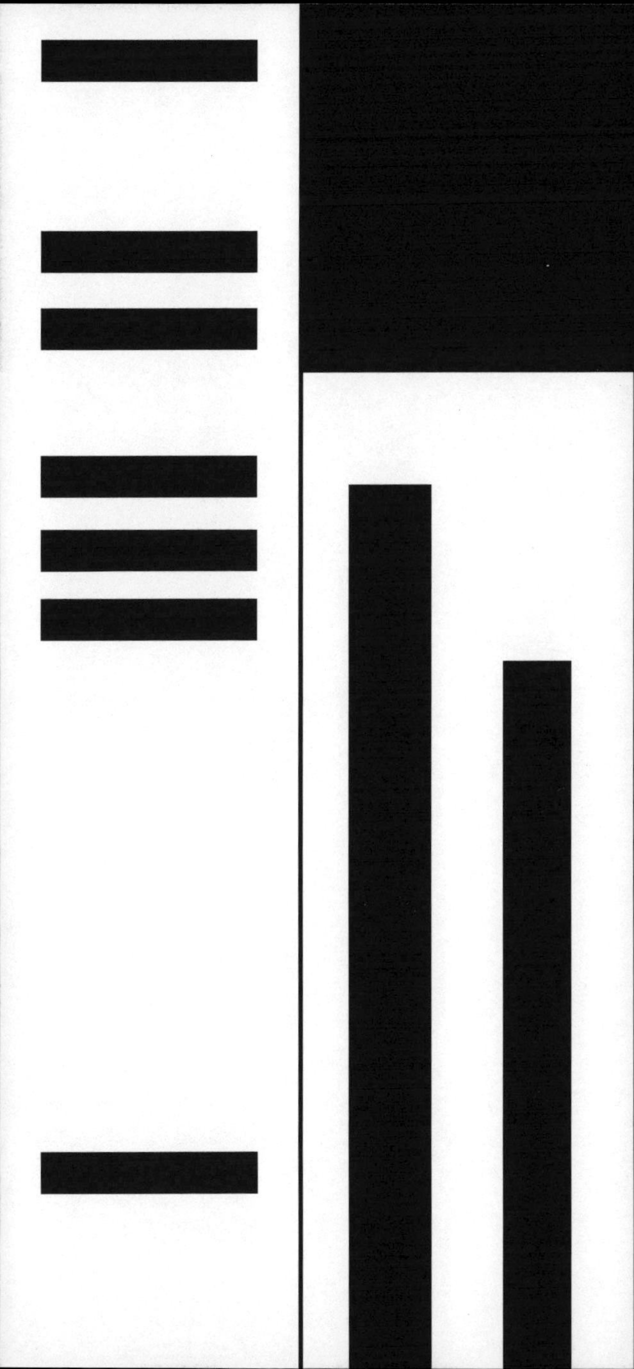

# Homem-Urubu

Gosto de ficar aqui porque tenho, como campo de visão, o lixão lá embaixo. Eu não seria o que sou se não fossem as longas horas ali passadas. Uma antena de televisão me é suficiente para ficar aqui, parado. Por detrás, estende-se a cidade grande. Pouco interesse me suscitaria a cidade grande, não fosse ela o manancial, a origem de tudo isso que vejo agora. Uma réstia de sol ilumina o lixão lá embaixo. Uma cor plúmbea dele se desprende, e posso imaginar quantas cores não foram necessárias para produzir aquela tonalidade.

## II

Desde que me sei como sou, é pra lá que volto meus pensamentos. Só o lixão me interessa. Nada me é mais compatível aos interesses. Percebo também um certo desprezo que meus companheiros me devotam, como se eu não pertencesse à mesma espécie. Esse desprezo é recíproco, ainda que em alguns momentos eu sinta o peso da solidão. Por enquanto, vou ficando por aqui, sem outra perspectiva. É possível que, para muitos, isso seja bem pouco. Mas nada me é mais prazeroso do que ficar aqui, parado.

## III

Parece que o tempo vai mudar. Está soprando um vento que vem das cordilheiras. Me é forçoso constatar que quando isso acontece, o tempo fica instável e sujeito a chuvas e trovoadas. Daqui, posso perceber também um cheiro que começa a se propagar em ondas contínuas. Diviso um pedaço de carne em poucos segundos. Me foi dado o poder de enxergar longas distâncias e confesso que estou bem tentado a ir até lá.

## IV

Vários começam a dar o sinal. Estão a voar em círculo, cujo diâmetro diminui à medida que se aproximam. Nenhum urubu morre de fome. Em todas as direções, os cheiros denunciam um mundo farto e abundante. Posso vê-los cada vez mais perto do alvo. Entre eles, um permanece o guia. Cabe a este iniciar o processo da carnificina. Mas, enquanto não fizer o pouso, nenhum dos demais o fará. Eis que, finalmente, pousa. Imediatamente, os demais o fazem, ainda que permaneçam a certa distância. O urubu é como todas as aves: arisco e desconfiado. Primeiro, ele sonda o terreno, o ambiente em torno, e só quando se certifica de que não há nenhum risco é que inicia o processo. Então, os demais se aproximam e, com as garras fincadas no alvo, dão início à devastação através de vigorosas bicadas. Daqui, me é impossível vislumbrar a vítima, uma vez que meu campo de visão permanece tolhido por uma mancha negra que o recobre. Normalmente, seriam necessários poucos minutos para que se dispersassem, devidamente alimentados. Os urubus são indispensáveis ao ecossistema: sem sua atividade, a natureza estaria entregue à deterioração por parte de bactérias resistentes.

## V

Algo estranho aconteceu. É que tudo que lhes narro advém de uma velha tradição. O mundo da natureza não é sujeito às revoluções dos homens. Tudo aqui é movido pelo instinto. Não estamos no campo movediço das ideias. De forma que os urubus, que tolhiam meu campo de visão, só deveriam ser dispersos quando tivessem posto fim àquele mundo feito de nervos, sangue, vísceras, devidamente decompostos. Mas, daqui da antena, percebo que ele mexe os bracinhos e as perninhas e chora compulsivamente. Daqui, tem-se a impressão de que não se trata de algo podre, entregue ao trabalho invisível das bactérias. É uma criança. Os urubus se afastam e permanecem resignados a olhá-la de longe. Nenhum bate em retirada. O urubu é persistente, como se tivesse a ciência de que nada pode persistir ao tempo.

## VI

Eu me acostumei a essa vida. Gosto de longas planagens e sei que poucos serão tão hábeis no voo quanto os da minha espécie. Às vezes, voo por voar, e não há prazer maior. Percorro longas distâncias e, com frequência, atinjo cidades diferentes num breve espaço de tempo. Gosto também de permanecer pousado. Daqui, por exemplo, vejo catedrais, viadutos, longas faixas de rio a cortar a cidade... e talvez tenha aprendido com os meus essa serenidade que me faz tão contemplativo. A noite vem chegando devagarzinho. Uma brisa sopra suave e, quando dei por mim, já amanhecia. Os urubus fazem ronda: permanecem no mesmo lugar da véspera. Eles acompanham, tanto quanto eu, o desenrolar dos acontecimentos.

## VII

Ela começa a engatinhar — não sei ao certo o período de tempo que se passou até que viesse a engatinhar. Muitos urubus se acostumaram à sua presença e a tratam agora com naturalidade. Ela põe tudo na boca. No início, tinha muita caganeira. Não sei como se alimentara nos primeiros dias. O contato da boca com os detritos talvez lhe fosse suficiente para manter-se viva. Mas, se antes era ocasional, agora ela própria ia ao encontro deles. E punha tudo na boca. Continua muito magra, e é perturbador o fato de ter sobrevivido. A cor de sua pele é de difícil classificação, mas, em função de se manter exposta às chuvas e tempestades, o encardido é o que melhor lhe adequa. Tenho todos esses dias acompanhado o seu crescimento. É uma presença constante no lixão.

## VIII

Todas as noites, o caminhão despeja grande quantidade de lixo, uma fonte contínua de vida. Ela se parece cada vez mais com os urubus. Aprendeu que deveria estar onde eles estivessem. Aprendeu com eles muitas outras coisas: o seu modo tranquilo, silencioso; a paciência com que se postam nos galhos das árvores, até que lhes seja permitido avançar com suas garras; a solidariedade com que devastam, em pouco tempo, tecidos, carnes, substâncias gelatinosas, até que não restem senão ossos. E tudo isso foi lhe dando um aspecto inconfundível de urubu. Até mesmo o intestino passava a ter um metabolismo diferente do dos humanos.

## IX

À medida que foi crescendo, esbarrou em uma dificuldade incontornável: aprender a voar. É desalentador vê-lo caindo, espatifando-se ao chão. Todas as suas tentativas de voo foram malogradas. Como não tinha plumas nem asas, os braços exerciam a função. Certa feita, subiu até a copa de uma árvore solitária e repetiu o mesmo gesto de um urubu. Ao se atirar, pôs-se a bater convulsivamente os braços, enquanto era arrastado para baixo pelo peso maior da gravidade. Encontrando o chão, permaneceu ali por longo tempo. Só depois de dois dias recuperou o movimento dos braços e das pernas. Mas nenhuma dessas tentativas malogradas lhe arrefeceu os ânimos. Todos os dias, punha-se a exercitar o corpo, tendo como único objetivo o voo. Punha-se em atenção redobrada quando seu campo de visão esquadrinhava o voo de um urubu. Não seria como eles se não conseguisse imitá-los. Uma sombra cobriu-lhe a face, temeroso de que nunca conseguisse.

## X

Certo dia, estava ele de cócoras a bolinar com uma barata, das muitas que habitavam o lixão, e, antes que a pusesse na boca, percebeu um cheiro forte que vinha do outro lado. Pôde então levantar a cabeça e vislumbrar uma quantidade enorme de urubus pousando em torno. Uma fome que há muito não sentia talvez tenha sido a responsável. O fato é que, batendo os braços e as pernas, empreendeu o seu primeiro voo. Nada era tão emocionante quanto permanecer, como ele o fazia, flutuando no ar. Já estava a certa altura quando se pôs a relembrar os medos que sentira durante o seu aprendizado. E aquilo fora suficiente para que despencasse ao chão. Então, averiguando o erro, viu que só lhe seria permitido voar se fosse capaz de esquecer qualquer sombra de dúvida, até mesmo de alegria. Deveria estar imune a qualquer pensamento e a qualquer emoção. Então, reiniciou o voo, leve, lépido, e chegou junto aos seus, que, naquele instante, devoravam uma grande carniça de boi.

## XI

Estranho a contatos humanos, sempre que dele se aproximavam, punha-se em fuga. Tudo lhe advinha dos urubus. Até mesmo a importância da água descobriu quando, certa tarde, viu um daqueles negros pássaros encostar o bico numa poça acumulada pelas águas da chuva. Ao repetir o movimento, ele descobriu a suavidade da água, o seu frescor, e pôs-se a repetir a operação várias vezes durante o dia.

## XII

Mas detinha muitas diferenças que o tornavam desprezado pelo resto. No seu corpo não cresciam penas, muito menos asas. À medida que o tempo passava, seus membros aumentavam de proporção, a ponto de se parecer com um monstro em meio ao bando. Outra diferença notável era sua capacidade de articular o som. Em função disso, tornou-se um exímio imitador de trovoadas, do canto de outros pássaros e, sobretudo, do avião que passava rente ao lugar em que pousávamos. Muitos de nós eram frequentemente dizimados pelas turbinas dos aviões, que representavam uma preocupação constante.

## XIII

Não havia briga entre os membros. Formávamos uma sociedade pacífica, cujo líder era escolhido pelo único critério da antiguidade. Diferentemente do que sucedia em outras sociedades, nas quais o critério da força prevalecia, temo que, se assim fôssemos estruturados, o Homem-Urubu se apossaria à força da nossa sociedade.

## XIV

Enganam-se os que nos associam à tristeza e ao azar. Os gatos, principalmente os de cor preta, também sofrem essas associações, eivadas de preconceito e ignorância. No nosso caso, a ausência do canto fez aumentar ainda mais o preconceito. Não imaginam que possamos nos extasiar diante de um pôr do sol ou que, quando voamos, percorrendo longas extensões, muitas vezes o fazemos por pura recreação. Lembro-me do seu primeiro voo a longa distância, quando já possuía os segredos que nos faziam os grandes voadores da espécie. Ainda que tivesse aprendido a dominar as emoções, não pôde se abster dos gritos de alegria e admiração. Tudo isso fez recair sobre si olhares de desconfiança, contra os quais ele pouco tinha a fazer. Acabou integrando-se ao grupo e é hoje um profundo conhecedor de sua técnica: do acasalamento à estrutura familiar, dos diferentes tipos de cheiro à sua forma pacífica de ser. Tudo isso lhe veio através de uma entrega absoluta, cujo teor a ciência não consegue entender.

## XV

O lixão exala seus sabores. Retenho meu olhar a cada profusão de cheiros. Sei o quanto é difícil manter a atenção voltada para aquilo que não nos constitui. Todos os artifícios empregados, nesse sentido, são bem-vindos. Eu mesmo me pus pousado sobre uma antena fictícia para narrar as aventuras do Homem-Urubu, como se ele não fosse eu. As vicissitudes, as fraquezas, o longo calvário até chegar a ser o outro.

Mas, naquela tarde, ao voar junto com os demais, viu-se tomado de uma estranha alegria. Ninguém poderia acusá-lo de nada. Ele era tudo que as suas condições de vida lhe permitiram. O sol declinava no horizonte e deixava no céu um tom avermelhado. Então, pela primeira vez, emitiu um som agudo, único, que varou uma grande extensão do céu.

# A operação

Ela se encontrava em estado semiconsciente. Um cheiro forte de éter exalava do quarto, mas não era suficiente para tirá-la do torpor. Uma sucessão de imagens desconexas não lhe permitia um sono tranquilo. Parecia delirar.

Acharam por bem lhe administrar uma nova dose de anestésico, o que lhe trouxe uma relativa tranquilidade. Mas, no meio da noite, o efeito do remédio cessou, e ela voltou a se remexer.

A cirurgia fora concluída com sucesso. O pós-operatório, no entanto, era delicado. Já haviam se passado dez horas desde o término da operação, e ela permanecia em estado lamentável.

Às cinco da manhã, um grito ecoou pela enfermaria. Era ela. Uma nova dose foi administrada; em poucos minutos, mergulhou em sono profundo.

Nas primeiras horas após a operação, não recebeu nenhuma visita. O quarto permanecia na penumbra, não fossem os movimentos das enfermeiras — muitas delas, estagiárias —, que davam ao ambiente um ar de jovialidade.

O barulho contínuo do relógio era o único sinal de vida. Algumas vezes, ela se remexia e deixava à mostra as pernas delicadas e femininas. O rosto tinha traços clássicos, sugerindo uma rara beleza. Na mesa de cabeceira, via-se um livro, um pequeno abajur e um crucifixo.

Num dado instante, ela pareceu se esforçar para abrir os olhos. Suas pálpebras entreabriram-se e fecharam-se em seguida. A pouca luz que vinha do exterior, através da janela do quarto, talvez tenha sido um dos motivos pelos quais foi recobrando paulatinamente os sentidos.

Quando finalmente abriu os olhos, parecia surpresa diante do que via. Nada lhe fazia sentido. Tinha uma expressão patética, logo transformada em angústia. O relógio continuava seu monólogo contínuo, enquanto ela descobria, uma a uma, as formas dos objetos ao seu redor.

Pôde sentir diretamente na pele o lençol branco que a cobria — seu cheiro e sua maciez. O travesseiro sob a cabeça. A luz branca que entrava pela janela trouxe-lhe à memória um céu azul e praias ensolaradas.

À medida que o tempo passava, sua cabeça ia ganhando novas imagens, surgidas por associação. Talvez ainda fosse cedo para descobrir seu nome, seu endereço, sua identidade. Contentava-se em olhar.

Viu uma agulha espetada na veia, por onde recebia o soro. Até então, nenhuma das tão solícitas enfermeiras havia aparecido. Continuou sua ronda e se deparou com algo que não reconheceu à primeira vista: estava ali, diante da cama, e deixou-a profundamente intrigada.

Olhou mais uma vez para aquela coisa e tentou reconhecê-la. Se a conhecia, era de forma remota, como alguém que não se vê há anos. Desistindo de identificá-la, pôs-se a examinar cada elemento que a constituía.

Naquelas horas da noite, talvez tivesse havido mudança de turno; o quarto permanecia em silêncio, entrecortado apenas pelo ritmo monótono do relógio.

O primeiro elemento recenseado foi a luminosidade de sua superfície: a coisa indecifrável trazia uma luz própria. Mesmo na escuridão do quarto, porque já era noite, a coisa se fazia ver. Ainda assim, não era a luz de uma lâmpada que se expande para o que está ao redor. Era uma luz centrada em si mesma, o que a distinguia da escuridão.

Ela pôde também perceber que aquela coisa tinha um movimento próprio, o que a deixava um pouco assustada. (Acho que, nesse instante, ela pegou no sono de novo, e tudo o que segue terá sido uma sucessão contínua de sonho e lucidez.)

Quando olhou de novo, pôde comprovar sua hipótese: a coisa encontrava-se em uma posição diferente da anterior. Aquilo lhe trouxe um estado de insegurança: estava diante de algo que se movia.

Talvez fosse melhor dormir novamente e esquecer tudo, não fosse perceber uma suave mudança na superfície da coisa, como se lhe sorrisse. Sim. A coisa sorria, como se buscasse um contato depois de longos anos. Nossa paciente não sabia como reagir àquele apelo. Nunca desejou tanto que uma enfermeira acendesse a luz e viesse em seu auxílio. Chegou a desviar os olhos e, quando voltou a olhar, a coisa permanecia ali — e sorria-lhe.

Acho que, naquele mesmo instante, sua vontade foi cumprida: uma jovem enfermeira, talvez estagiária, apareceu na porta do quarto para lhe administrar uma nova dose de remédios, o que certamente a faria dormir.

Não sei por quanto tempo dormiu, mas, ao acordar, viu aquela coisa estranha próxima à janela, olhando para fora. Chegou a pensar que tudo não passava de alucinação e, para pôr fim àquela história, tratou de perguntar às tão solícitas enfermeiras se havia recebido alguma visita no tempo em que esteve internada. Procedia com discrição, pois não sabia se a coisa era real.

Aquilo que ela não sabia nomear estava agora de costas para a cama, de modo que podia percebê-lo de corpo inteiro, sem ser vista. Tinha um belo porte ou, ao menos, belo o suficiente para ser notado. A qual gênero pertencia? Agora, de costas, parecia um gracioso rapaz; mas, anteriormente, ao sorrir-lhe, tinha a aparência de uma mulher

— daquelas às quais todo homem gostaria, um dia, de se render.

A enfermeira lhe respondeu que, em todo o tempo que ali esteve, não recebera nenhuma visita. Estava certa, portanto, de que tudo era fruto de sua imaginação. Não tinha dúvida. E, no entanto, a coisa permaneceu ali, todo esse tempo, ao pé da cama.

A certa altura, passados três dias da operação, faltando cinco para receber alta, arriscou uma pergunta (a primeira, desde que permaneciam juntas):

— Quem é você?

— Como?

— Sim, quem é você? Há dias que tenho te observado, sem que outras pessoas fossem capazes de fazer o mesmo. E, no entanto, não consigo te reconhecer.

— É que você fez uma operação muito delicada. Aos poucos, sua memória voltará a ser como antes. Não se inquiete.

Enfraquecida, voltou a dormir, abandonando as dúvidas que a vinham corroendo.

Quando acordou, pôs na mesa os dados que possuía:

1) havia feito uma operação;

2) não fora visitada por ninguém, a não ser aquela estranha hóspede.

Restavam-lhe as tão solícitas enfermeiras, todas estagiárias. Seria a elas que recorreria, e tinha muitas perguntas a fazer:

1) A qual operação fora submetida?
2) Por que perdera a memória?
3) Quais eram os nomes de seus pais?
4) Onde morava?
5) O que fazia?
6) O que representava aquela pessoa à qual, aparentemente, só ela tinha acesso?

## II

Dos cinco dias que lhe restavam para receber alta, dois haviam se passado sem grandes mudanças. Fizera duas tentativas com as enfermeiras, sempre tão solícitas, sem êxito. As respostas lhe soavam tão vagas quanto as perguntas, de maneira que achou por bem aguardar a visita do médico.

Todas as vezes que dormia, sonhava. Mas os sonhos lhe pareciam tão distantes que desistiu de recorrer a eles. Chegou a se ver como refém de uma rede de criminosos, da qual todos faziam parte — inclusive o fantasma. Sentia-se vigiada 24 horas por dia, sem ninguém a quem pudesse recorrer. Quando uma das enfermeiras vinha administrar-lhe a medicação ou trazer-lhe a refeição, ficava atenta, tentando flagrar algum olhar suspeito em direção à coisa. Mas era como se o fantasma, de fato, não existisse. Algumas vezes, a enfermeira avançava em sua direção sem choque nem esbarrão.

Além disso, pôde também averiguar as metamorfoses que o fantasma sofria. Não saberia precisar por quantas transformações passara no intervalo de um dia. Entretanto, já era o suficiente para que desconfiasse de sua realidade.

A única coisa da qual não poderia desconfiar era de si mesma. Fosse o que fosse, estava ali, estirada na cama e sem memória. Respirava, tinha fome, estava cercada de objetos que reconhecia, a agulha continuava espetada em sua veia e, dentro de alguns minutos, receberia a visita do médico. Logo ficaria a par de tudo o que lhe havia acontecido.

O relógio continuava batendo. Um pequeno espelho encontrava-se bem próximo, sobre a penteadeira, de maneira que não foi difícil alcançá-lo. Ali estava ela: espantou-se com as olheiras. Parecia pálida, mas ainda assim guardava os belos traços. Era ela, não havia dúvidas. Reconhecia-se, ainda que não pudesse contar a história daquele rosto. Era ela.

Alguma coisa de ruim lhe havia acontecido. Ainda assim, permanecia viva — e, de repente, lembrou-se de algo assustador: esqueceu o próprio nome. Como deveria se chamar? Tentou relembrar as conversas que teve com as tão solícitas enfermeiras: em nenhuma delas a chamaram pelo nome. Tratavam-na por "querida", "amiga", "minha linda", "senhora".

Então, procurou algum pertence seu e viu a bolsa. Estava também sobre a penteadeira, uma pequena bolsa de cromo, da qual tinha uma vaga reminiscência. Conseguiu sentar-se na cama — já estava bem mais forte — e abriu rapidamente a bolsa.

O primeiro objeto que lhe chamou a atenção foi um par de óculos de aro fino e dourado.

Ao pô-los nos olhos, percebeu a diferença: tudo ao redor adquiriu maior nitidez. Encontrou também um batom e não resistiu à tentação de passá-lo nos lábios.

Finalmente, encontrou uma carteira de couro. Dentro dela, algumas notas de cinquenta. E, numa das divisões da carteira, uma cédula de identidade.

A foto era de um homem. Chamava-se Luís António de Oliveira Bastos. Natural do Rio de Janeiro, nascido em 20 de janeiro de 1950. Seus pais chamavam-se Yolanda de Oliveira Bastos e Fernando da Silva Bastos.

Como não se reconhecesse na identidade, voltou a olhar para o espelho, buscando algum fiapo de semelhança. Não havia nada que pudesse conjugar a foto da identidade com a imagem no espelho. Voltou os olhos na direção daquela estranha presença, que não lhe tirava os olhos por um instante sequer. Mas foi-lhe impossível encontrar qualquer traço de semelhança entre esta e a foto da identidade, em razão de sua perpétua metamorfose.

Naquele instante, o médico chegou. Custou a reconhecê-lo, já que, nas outras vezes em que viera, ela dormia. Finalmente estava ali, à sua frente, e apresentou-se.

Ao menos isso: era assistida por um médico. E, naquele instante, uma certa tranquilidade apossou-se de sua fisionomia.

Ele tirou sua pressão, auscultou seu coração e tinha a expressão bondosa que todos os médicos possuem — por piedade ou cinismo.

Enquanto era examinada, sentia-se completamente vazia, livre da inquietação anterior. Finalmente, seu médico estava ali e haveria de livrá-la de todo mal.

Após os exames, ele preencheu, numa prancheta, alguns números dos quais ela não fazia a menor ideia. Depois, informou à assistente os novos procedimentos que deveriam ser tomados junto à paciente e, dirigindo-se a ela pela primeira vez desde que entrou no quarto, disse que estava satisfeito com sua recuperação e que receberia alta dentro de dois dias.

Nenhuma das perguntas que ela havia ensaiado foi feita. Talvez por um mau pressentimento, preferiu se calar.

# A cantora muda

Dizem que foi um processo de anquilose, provocado por um acidente, que a teria levado a não abrir mais a boca; outros, no entanto, confirmam a versão de uma perda gradativa da voz. O fato é que, naquela cidade tão cheia de acontecimentos estranhos, aquele era só mais um: o concerto da cantora muda.

Chegamos cedo, a fim de ficarmos bem localizados. Mas, para nossa surpresa, encontramos uma longa fila de espera. Luíza foi quem me chamou a atenção para o show. Eu não era um frequentador contumaz desses eventos, muito embora aquele se distinguisse pela força de seu paradoxo. Não demorou até que entrássemos na sala. Aquele teatro tinha uma longa tradição na cidade e fazia parte do roteiro das grandes companhias.

Luíza sugerira que ficássemos na segunda fileira, já que não havia lugares marcados. Já instalados, pudemos acompanhar a lotação do teatro, que se deu em poucos minutos. Era uma noite especial. Todos aguardavam, ansiosos, o espetáculo.

Talvez por um costume arraigado de longa data, fui ao banheiro. Não queria perder um só lance do que estava por vir. Mas, de certa forma, o espetáculo já havia começado quando, no corredor de acesso ao toalete, esbarrei com sua presença, com sua imagem abrupta, inesperada, depois de tão longa ausência. E, não fosse o cansaço congênito, talvez eu lhe tivesse proferido algumas palavras. No entanto, seguimos em direções opostas. E só foi o tempo de regressar ao meu lugar para que se apagassem as luzes e o espetáculo começasse.

## II

Algum tempo atrás, eu havia consultado o médico, intrigado que estava com meu estado, próximo à morbidez. Não sei o momento exato em que tudo começou. Quando dei por mim, sentia-me incapaz de levantar da cama.

Acho que, por essa mesma época, Luíza reclamou de algo parecido. Lembro também de outras pessoas do nosso círculo de amizades terem descrito o mesmo sintoma. Alguns jornais, nessa ocasião, chegaram a anunciar uma epidemia que, muito embora tivesse sido erradicada, deixou sequelas.

Venho falando cada vez menos. Luíza também, quando muito, em monossílabos. Nossos encontros, que antes eram marcados por discursos impossíveis, transformaram-se em longas ausências. Fomos então tomados por um grande susto quando tomamos conhecimento, pelo jornal, do concerto. Não foi nada estranho o tumulto e o *frisson* que ele provocou. É que, cada vez mais, as pessoas silenciavam. Pela primeira vez, surgia algo que vinha ao encontro do que todos sentiam: uma vontade profunda de ficar calado; um desânimo desalentador; um desdém pelos grandes discursos; uma ruptura com o passado e com sua vocação para o verbo. O concerto da cantora muda dizia tudo isso.

## III

Quando se acenderam as luzes, aos primeiros acordes da orquestra, ela surgiu do fundo do palco e, aproximando-se do microfone, não entoou nada, pois era muda. Logo ela, que vinha de uma safra de grandes cantoras, cujo repertório estava calcado em compositores que eram também poetas derramados. Daí a ironia. De certa forma, ela desconstruía as canções ao permanecer muda. Respondia à doença com uma forma inovadora de cantar.

Em nenhum momento maculou sua interpretação com palavras. Nem mesmo os gestos grandiosos — aqueles com os quais apareceu pela primeira vez ao público — foram lembrados. Permanecia em silêncio diante da orquestra, num estado mórbido e invariável. E, diante de nós, desfilou todo o cancioneiro popular, até o momento em que, num determinado número, a orquestra parou. Tocou apenas o primeiro acorde. Dali em diante, a música deixou de ser ouvida, e o silêncio permaneceu até o final, quando um cumprimento da cantora indicou que o show havia terminado. Ela foi efusivamente ovacionada.

A partir dali, uma nova forma de cantar substituía a antiga. Pouco tínhamos a comentar, eu e Luíza, ao final do concerto. Ou talvez fosse tanto que nem valesse a pena. Permanecemos mudos. Quando cheguei em casa, vi-me tomado pelo antigo desejo de contar a estranha experiência — ainda que nenhuma palavra fosse capaz de expressar coisa alguma.

# O encontro de Boulez e Zappa

(Três personagens: um jornalista, um poeta moribundo e um músico independente.)

Jornalismo musical é gente que não sabe escrever entrevistando gente que não sabe falar para gente que não gosta de ler. Por isso me chamaram. O estúdio está sendo meticulosamente preparado. Cercado de espelhos, o cenário é capaz de multiplicar a imagem dos convidados de maneira a sugerir um caleidoscópio. Boulez e Zappa estarão aqui, frente a frente. Para ser sincero, não sei o que levou a emissora a inserir esses parênteses na programação. O que pensam que vão conseguir com seu público jovem, composto por adolescentes que adoram System of a Down, mas nunca ouviram nada referente a Zappa nem a Boulez?

O dia chegou. Luíza acabou de ligar desejando boa sorte. Passei um bom tempo pesquisando sobre os dois. As dicas que Dany, minha produtora, passou em nossas intermináveis reuniões de pauta talvez só tenham me trazido mais nervosismo. O fato é que, quanto mais ouço, menos sei. Jornalismo musical é isso. Sei o que é dodecafonismo, mas não sei. Sei o que é atonalismo, mas não sei.

Existe um grande mal-entendido. A gente pode falar sobre música e, ainda assim, estar a léguas de distância dela. Acabei de dar os últimos retoques na maquiagem, no camarim. Aguardo o sinal.

## II

Uma pluma solitária, perdida — exceto por um local que se funde com o além. Uma constelação que enumera, sobre alguma superfície vacante e superior, o choque sucessivo de um cálculo total em formação.

Aguardo minha morte. Nada mais há a fazer, a não ser esperá-la entre uma e outra dose de morfina. Enquanto isso, vou recompondo *Um lance de dados*, o meu último. Não sei a quantas andam meu rosto, minha barba, meus cabelos. Envelheci em poucos meses. Vivo entre o delírio e a lucidez.

A televisão permanece constantemente ligada em meu quarto — ao menos isso, dando um toque de normalidade. Minha mãe está aqui ao lado, mas não tenho vontade de falar com ela. A emissora anuncia o encontro de Boulez e Kafka. Minha mãe corrige: não é Kafka, é Zappa.

Esse é o meu último lance de dados, mesmo que lançado, em circunstâncias eternas, do fundo de um naufrágio.

## III

Comecei tocando bateria, mas meus interesses sempre estiveram voltados para a música erudita. Não quero saber de hip-hop; a MPB, por sua vez, segue asséptica e moribunda há quase trinta anos. Quando escuto Lenine, me dá vontade de vomitar. Os Racionais MC's, idem.

Frequentei os cursos de Darmstadt ministrados por Stockhausen e, no início dos anos 80, produzi meu primeiro disco, que ia na contramão do que viria a ser chamado de rock brasileiro. A banda Blitz expressava bem esse movimento, composto por simpáticos mercenários. Sua versão atualizada está situada hoje nos pampas. Ali, podemos constatar que Beatles e a Jovem Guarda seguem vivos.

(Nesse instante, pedi ao jornalista que desligasse o gravador; é que a televisão ligada, a alguns metros dali, anunciava o encontro de Zappa e Boulez.)

## IV

A enfermeira me retira a fralda geriátrica. Eu havia acabado de evacuar, e um cheiro fétido impregnava o quarto. Posso sentir a claridade que entra pela janela. O batuque de um bloco de rua chega agora aos meus ouvidos.

Minha mãe dorme na cama ao lado e permanece solícita aos meus pedidos mais estapafúrdios: uva, melancia, gaze molhada na boca, sobe a cama, abaixa a cama, aumenta os travesseiros, tira os travesseiros, mal-estar, incômodo, soro pelo nariz, vômito. Algumas vezes choro; minha mãe também. Estamos agora mais ligados do que nunca.

Dentro de instantes, vão passar a entrevista.

## V

Foi por falar inglês e francês que me convocaram. Terei que me desdobrar entre os dois. Nada mal para quem tem no currículo um vasto número de entrevistas. Vou seguir rigidamente a ordem das perguntas. Tenho que ficar bem ligado.

Zappa é ferino; a ironia é sua marca. Já Boulez é refinado e erudito. Percebo uma certa apreensão no ar. Nenhum dos dois chegou ao estúdio até o momento.

Acabo de gravar as chamadas e ligo para Luíza. Ela me diz algo para o qual eu nunca havia atinado, ainda que, nesses últimos tempos, tivesse lido tanto a respeito.

## VI

Não gosto de poesia. (A entrevista prossegue, ainda que com um olho ligado na televisão.) Minhas letras são feitas da forma mais aleatória possível: depois de escrever os versos, eu os embaralho às cegas, sem nenhum critério estabelecido. E daí surgem novas letras, muitas das quais, assombrosamente, cheias de sentido.

Confesso que, no início de minha carreira, tinha alguma preocupação social, mas, ainda assim, a forma estava longe do politicamente correto.

## VII

Não gosto de televisão. Isso aqui sempre foi um bico, algo para eu fazer até que me formasse. Só que, se a gente não abre o olho, acaba engolido. Foi assim que aconteceu.

Bem que resisti: tentei suicídio, pedi as contas, estudei Filosofia, escutei a discografia do Zappa... mas fui formado por ela, pela televisão. Minha lógica é a lógica dela. Tenho até a impressão de que a maneira como faço amor, o jeito displicente de fechar a porta do carro — tudo isso, e muito mais, foi constituído pela televisão.

Aqui conheci minha mulher, meus amigos. Foi com o dinheiro ganho aqui que comprei meu apartamento e pago a escola dos meus filhos. Não sei por que estou pensando tudo isso agora, mas, se não fossem os patrocinadores...

## VIII

Estou vendo tudo duplicado: é a morfina. Uma onda invade minha cabeça e escoa pela barba submissa da minha sombra pueril, afagada e polida, devoluta e lavada, suavizada pela vaga e subtraída aos duros ossos perdidos entre as pranchas.

Quantas vezes dormi e acordei neste instante? E a entrevista, terei perdido? Uma entrevista não é um lance de dados. E ainda estou vivo.

A televisão segue ligada à minha frente. A enfermeira veio me aplicar uma nova injeção. Estou tão vivo como nunca pude imaginar.

## IX

Estamos recebendo mensagens de congratulação pela entrevista — um bom sinal de que somos compreendidos. Fomos avisados também de que Pierre Boulez já se encontra em nossas dependências. Zappa segue preso no trânsito de São Paulo.

## X

Não consigo me deslumbrar com a técnica, ainda que, nesses confins onde imperam a barbárie e a emoção barata, ela seja muito importante. Desconhecê-la é dar as costas a tudo que aconteceu com a música no século XX. Acho que meu primeiro disco acenou nessa direção.

Mas seria um erro ignorar a música pop. Minha música nasceu aqui, na cidade grande. É de São Paulo que retiro a matéria-prima do meu som. Se eu fosse para um sítio compor as músicas do meu próximo disco, com certeza não sairia nada.

## XI

Vigiando, duvidando, rolando, brilhando e meditando, antes de se deter em algum ponto último que o sagre, todo pensamento emite um lance de dados. E isso não é o Absurdo. A este, prefiro a esquizofrenia, a divisão do eu. Porque o Absurdo é o maravilhoso, o *laissez-faire*, o desleixo em relação a si mesmo.

Contra isso, a dúvida produtiva — aquela que nunca menospreza o talento, mantendo em relação a este uma certa exigência, a força motriz para o seu próprio desdobramento. Realizar algo e, ao mesmo tempo, duvidar dessa realização.

Autodivisão: o núcleo do problema estético. Esse vazio de todo exilado, que olha, a léguas de distância, para o seu país.

## XII

A insinuação de Luíza ao telefone talvez explique a demora de nossos convidados. Mas, se a levarmos ao pé da letra, não haverá entrevista, o que seria muito ruim tanto para a emissora quanto para os patrocinadores.

Fomos informados também de que o boato era falso: Boulez não se encontra em nossas dependências. Tentamos contato com a assessoria dos músicos, ainda sem resposta.

A situação está insustentável. Foram várias chamadas ao ar anunciando o encontro de Boulez e Zappa ao vivo.

## XIII

O humor na minha música vem do absurdo. Não é o humor do entretenimento, nem do tragicômico. Também não é o humor britânico. Vem do teatro do absurdo: uma girafa esporrando na plateia.

Teve uma ocasião em que fui chamado para abrir um show dos Paralamas. Entrei no palco com o pau de fora e cantei a música "*Urubu*". As pessoas não sabiam se ficavam atentas à letra densa ou ao piru de fora; havia no olhar da plateia uma falta de foco: fixavam a atenção em duas coisas ao mesmo tempo.

A estrutura da minha música também é assim: fazer funcionar coisas que são teoricamente impossíveis.

## XIV

Como uma insinuação simples ao silêncio, enrolada em ironia, ou o mistério precipitado, uivado em algum próximo turbilhão de hilaridade e horror. E tudo o que se faça não passará dessa forma. Traduzir, inclusive, *Um lance de dados* e reescrevê-lo um milhão de vezes, sem jamais perder a possibilidade da escolha. *Um lance de dados* é mais importante que o acaso.

## XV

A questão é se devemos ou não dar satisfação ao grande público. Talvez fosse melhor passar em branco, como se nada tivesse acontecido. Não é crível que chovam reclamações, e por uma razão simples: essa entrevista era uma concessão da emissora, uma brecha que se abria em sua programação normal.

Ao mesmo tempo, pode ser que ainda cheguem; nesse caso, teremos que decidir se gravaremos ou não a entrevista.

## XVI

São múltiplas as possibilidades, engendradas por si próprias, por meio de um puro automatismo. Mas os critérios iniciais de escolha terão que ser assumidos. Seja uma obra aberta ou fechada, com critérios constantes ou mutáveis, não deixa de existir uma organização global, com uma lógica formal e coerente.

Bem sei que estou novamente cagado. Não sei se dormi justo quando a entrevista de Boulez e Zappa foi ao ar. É possível que ainda não tenha passado; nesse caso, devo ficar atento para não dormir.

Mas, mal pronuncio essas palavras, caio outra vez no sono, como um carro em alta velocidade cujo motorista tivesse os olhos vendados.

## XVII

Parece até que essa entrevista é um simulacro da que não houve. Achei mesmo pouco crível o encontro de Zappa e Boulez. Lembra? Cheguei a interromper a entrevista para ouvir a chamada da emissora.

Como podemos concluir isso aqui? Gosto desses nomes: Os Mulheres Negras, Mulheres Q Dizem Sim, As Mães da Invenção. Como se, atrás de tudo isso, existisse um feminismo que nada tem a ver com o movimento feminista ou com os gêneros Homem e Mulher.

Acho que a música de Zappa tem isso: algo que perpassa toda a história da música em seus cinquenta discos produzidos. Um caleidoscópio de formas que nunca se cristalizam. Algo que se estilhaça irreversivelmente, sem jamais poder ser reconstituído. Dizendo sim, inclusive, ao aleatório.

## XVIII

Estamos à espera. A emissora preferiu deixar passar em branco e não anunciou o cancelamento da entrevista. Ficamos receosos de reclamações, mas nem aconteceram.

Parece até que continuamos a aguardá-los. É possível que as chamadas anunciando a entrevista tenham sido interpretadas como uma performance do núcleo de arte da emissora.

# Super-Homem

Clark Kent, já casado com Lois Lane, vivia uma vida tranquila e perigosa. Vinha fazendo reportagens sobre milícias e sabia que pisava em terreno movediço.

A discrição era sua maior qualidade. Gozava de prestígio junto às autoridades e dava furos de reportagem.

De tal maneira que seria complicado estabelecer as áreas de competência. Uma se imiscuía na outra. Ora era a polícia a responsável pelo furo de reportagem, ora era a imprensa que efetuava a denúncia.

Clark se sentia como um elemento de transição, um ser ambíguo e moderno. Porque, se era sensível, inseguro, sempre em busca da notícia, por outro lado, era grosso, destemido e sem temperança. Bastava-lhe despir o terno e deixar transparecer a capa vermelha, a bota, o logotipo no peito e o macacão azul.

Sua luta maior consistia em esconder a origem que suas vestes internas revelavam. E, caso fosse visto a se despir, sabia que não poderia mais voltar.

Lois Lane, desconfiada de seus sumiços e sentindo-se traída, descobre o mistério.

Impossibilitado de retornar, o Superman passa a viver na cidade sem gozar de seus direitos. Torna-se um fora da lei, um *outsider*. Veio, por fim, a ser capturado. E, numa briga entre detentos, esfaqueado e morto.

# Reportagem

O carro chega a uma rua residencial do bairro de Oswaldo Cruz, onde nasceu a Portela.

É noite. Num dado momento, o carro para. De seu interior sai um menino de cor clara, vestindo bermuda e chinelo de dedo. Não deve contar com mais de doze anos. Estava no carona, abre a porta, fecha-a em seguida e atravessa a rua.

Chegando ao portão de sua residência, ele olha em direção ao carro do outro lado da rua. Sabemos, pela reportagem, que, em seu interior, permanece sua mãe. Ela não quis sair do veículo. E não quis porque teria apenas trazido seu filho.

Entre ambos, a rua.

Ele olha, então, para a mãe, no exato instante em que uma moto, com dois indivíduos, se aproxima do automóvel parado.

Não ouvimos o estampido, mas vemos a deflagração: quatro.

A moto se põe em fuga e desaparece do campo de visão. Em seguida, o carro põe-se em movimento lento, no mesmo instante em que o filho corre em sua direção. Ele consegue abrir a porta, e o carro para. A rua permanece vazia.

Ele olha em seu interior e tem acesso à visão.

A mãe permanece vedada aos nossos olhares, como se aquele lugar pudesse ser ocupado por qualquer um.

Após a visão, a criança lhe dá as costas e, impotente, grita para o espaço vazio.

Ajoelha-se e deita no chão.

Nesse instante, surge a imagem de uma mulher, advinda de uma residência. Logo atrás, a imagem de um homem. Ambos atravessam a rua em direção à criança, deitada no asfalto.

O carro permanece com a porta aberta, mas não conseguimos visualizar seu interior.

# O trem fantasma

O trem vinha de longe e passava por escarpas, através das quais me era impossível olhar pelas janelas sem que me deparasse com o abismo. Eram montanhas íngremes, de modo que os menos avisados poderiam se assustar. Aquelas formações rochosas datavam de priscas eras. As curvas eram fechadas; alguns passageiros, os mais sensíveis, começavam a sentir-se mal.

Meu vizinho, de quem eu tivera uma excelente impressão no início de nossa viagem, apresentava no semblante alguns vincos de preocupação. Talvez porque começasse a sentir o efeito que se fizera manifestar nos outros. Mas também poderia ser em função da tempestade, anunciada pelos relâmpagos que iluminavam a escuridão. O dia se fez noite. O único sinal de vida eram as águias. Fora isso, poder-se-ia pensar que éramos os únicos habitantes da terra num trem sem direção.

A certa altura, abri uma fresta da janela e pude sentir o vento invadindo todo o compartimento. Um vento gelado, que atraiu sobre mim olhares enfurecidos. Imediatamente, fechei-a. Pelo vidro, as árvores retorcidas.

Alguns raios caíam bem perto, a julgar pelo estrondo. No assento em frente, uma criança chorava desconsolada. A mãe tentava distraí-la com algumas histórias que não faziam efeito, e eu tentei voltar à leitura, interrompida quando o sr. Smith, de quem há pouco eu comentara, perguntou-me quando chegaríamos à cidade. Respondi-lhe que a chegada estava prevista para a meia-noite e, pelo visto, aquilo pareceu contrariar alguma expectativa sua.

Muitos passageiros vinham de cidades diferentes; o trem, agora, apresentava agora uma superlotação. Alguns, inclusive, nem falavam a mesma língua.

O romance que eu lia quase me fazia esquecer o mau cheiro e a falta de ar, não fosse o choro intermitente da criança. Alguns passageiros tentavam interceder, distraindo-a com algum mimo. Era impossível permanecer indiferente a um ambiente tão repugnante. Do outro lado, um rapaz tentava afanar de um velho sonolento o dinheiro que por acaso houvesse guardado nos bolsos do paletó. A cena, passada às claras, tinha um sabor de comédia.

A noite lá fora tirava-nos a possibilidade de nos distrairmos com a paisagem. Quem se atrevesse a olhar pela janela só veria escuridão, de maneira que éramos obrigados a olhar para a nossa própria miséria.

O sr. Smith, por exemplo, visto de perfil, tinha alguma coisa do ator de cinema Boris Karloff. As sobrancelhas, o cabelo negro, assim como a capa que lhe cobria os ombros, davam-lhe um ar noir e taciturno. Vínhamos do mesmo lugar, ainda que eu nunca me tivesse deparado com sua figura. Era comum essas coisas acontecerem: muitos moravam sós; quando morriam, era o forte odor o que chamava a atenção da vizinhança.

Finalmente caiu a chuva. E vinha em torrente, fustigando tudo. À chuva sucedeu o dia, como se a escuridão guardasse algum segredo a ser violado.

A chuva trazia-nos de volta à claridade, e me vi empenhado em desembaciar o vidro, a fim de olhar novamente a paisagem.

Àquela altura, fui surpreendido por um céu desencontrado de si, tamanha a quantidade de cores. À minha direita, uma faixa azul era desencavada de nuvens negras, seguidas de um céu gris que se estendia por uma vasta extensão, até que algumas nuances rosas e violáceas nos fizessem a sugestão de um sol distante.

De repente, o arco-íris.

Enquanto a água descia pelos despenhadeiros, o trem atravessava um bosque de petúnias.

## II

À medida que o trem avançava, vi-me tolhido por pensamentos estranhos, sem que me fosse dada nenhuma possibilidade de escolha. Vi-me aturdido por imagens para as quais não encontrava nenhum sentido. Por mais esforço que fizesse a fim de reconhecer-lhes a origem, sentia-me como um viciado em heroína diante daquelas imagens.

Aos gritos dos torcedores de uma partida de futebol sucediam-se outros, de pânico e terror. Uma imagem recorrente de uma menina franzina e loira dava-me a impressão de tê-la conhecido um dia, muito embora não tivesse como avançar em minha suspeita.

O que agravava o meu estado era a impossibilidade de interromper a contínua sucessão de imagens, como se estivéssemos diante de um filme em alta rotação. A certa altura, tive a impressão de que o rosto do sr. Smith aparecera em meio a outros. Entretanto, as imagens não obedeciam a nenhum controle remoto com que eu pudesse retroceder ou adiantar.

O trem avançava célere e, vez por outra, eu percebia no sr. Smith, ao meu lado, uma sensação de incômodo. Olhava sempre o relógio, como se cobrasse aos ponteiros uma velocidade maior que o próprio curso do tempo.

Quando olhei pela janela, deparei-me com a escuridão da noite. Alguns pontos de luz, à margem da estrada, acusavam a presença de pirilampos. Também no céu, agora limpo, as estrelas piscavam, um mundo feito de lusco-fuscos e pregas.

E, no entanto, eu não conseguia me lembrar de nada, sequer dos motivos daquela estranha viagem. E nem sabia como me chegara a informação de que à meia-noite desembarcaríamos na estação.

Vinha-me apenas a sensação desagradável de estar exposto ao sabor das circunstâncias. Como um escritor que construísse frases sem saber aonde poderiam dar.

As pessoas que viajavam naquele vagão talvez não tivessem a mesma sensação, a julgar pela expressão de placidez em seus rostos. E, no entanto, tal como acontecia comigo, estavam expostas às mesmas circunstâncias.

Há tempos a criança não chorava, o que permitia um sono mais tranquilo aos passageiros. Imaginei uma viagem contínua, em que nunca mais parássemos, em que eu fosse obrigado a conviver com cada uma daquelas pessoas.

Imaginei também um trem cujo maquinista tivesse sido assassinado e que, sem direção, estivéssemos à deriva, sem de nada suspeitar.

Um trem descarrilado era outra possibilidade. Um homem-bomba, também. Vi, então, que agora eu tinha a possibilidade de inventar um passado, já que me era impossível reconstituí-lo.

Alguém roncava, e aquele ronco foi puxando outros. De repente, vi-me em meio a uma sinfonia. Como o sr. Smith não dormia, éramos os únicos a permanecer em vigília.

— O senhor não consegue dormir em viagens? — perguntei-lhe, cúmplice, sem outro motivo a não ser distrair-me dos roncos que, àquela altura, pareciam monstros rugindo.

— Eu nunca durmo — respondeu-me, voltando ao seu silêncio.

Aquelas poucas palavras trouxeram-me um mau pressentimento. A noite lá fora, em cuja massa compacta eu punha meus olhos sem nada depreender de sua escuridão, trazia-me apenas o pontilhado luminoso e claro dos pirilampos. Às vezes, os olhos vermelhos de uma coruja. E, quando muito, o voo lúbrico de um morcego.

Para onde eu ia e de onde vinha? O que ficava para trás?

De repente, fui pego pela lembrança de que não trazia bagagem. Procurei nos bolsos algum indício e verifiquei que estavam vazios. Tentei interpelar o sr. Smith, desconfiado de que pudéssemos estar, naquele vagão, desguarnecidos de qualquer documentação. Mas não houve tempo para tanto, pois justo naquele instante o fiscal veio checar as passagens.

Um certo desespero apossou-se de mim: eu não tinha passagem. Como deveria explicar-me ao fiscal? Teria perdido? E se ele exigisse o passaporte, a identidade? Já tinha um plano na ponta da língua para tentar convencê-lo. Argumentaria que minha pasta havia sido roubada e que dentro dela estavam guardados a passagem e os documentos.

Mas o que eu não poderia imaginar foi que, chegada a nossa vez, o fiscal não nos exigiu coisa alguma. Olhou-nos com os olhos vagos e passou adiante.

Pude reparar que, em momento algum, o sr. Smith fez cara de admiração. Pelo contrário, permaneceu insensível ao movimento do fiscal, o que me inibiu de lhe fazer qualquer pergunta.

Aquele acontecimento era, por si só, inquietante. Por outro lado, senti alívio ao saber que estava liberado da revista a que todos os demais foram constrangidos.

O ponteiro marcava onze horas.

Faltavam apenas sessenta minutos para que desembarcássemos, o que era uma excelente notícia. O corpo doía-me após tanto tempo sentado. Eu não via a hora de libertar-me daquele trem monótono e de seus passageiros tão idiotas. Não tínhamos qualquer grau de afinidade que me fizesse sentir como desagradável a nossa separação.

Chegávamos ao subúrbio, e algumas casas, muitas das quais só no reboco, faziam-se notar. Deixáramos para trás o deserto das montanhas e estávamos ao nível do mar. Antenas avultavam, certamente para prover alguma estação de televisão. Alguns campos de várzea permaneciam desertos em função do adiantado da hora, mas a presença das balizas indicava que amanhã estariam tomados de jogadores de futebol.

Apareciam enormes *outdoors*. O trem avançava sobre a cidade e, à margem dos trilhos, longas avenidas prenunciavam grandes quantidades de automóveis. O trem apitou, como se passasse por terras conhecidas.

Os passageiros começaram a movimentar as bagagens. Sentia-se mesmo um alívio em suas expressões. Finalmente tinham chegado.

O sr. Smith permanecia impassível, como se não existisse. Sua antiga impaciência dera lugar à expressão conformada de quem assiste a um velório.

Como o trem passava rente às ruas da cidade e estava agora bem próximo da estação, diminuiu gradativamente a velocidade.

Eu tinha os olhos grudados na janela e pude ver ao longe, na plataforma, um casal de namorados. Eles se beijavam e, pela primeira vez, veio-me à memória a imagem de Luíza. Tentava agarrar-me àquela pouca memória enquanto o trem ia se aproximando da estação.

Quando estava quase a parar, percebi a ilusão de ótica: não eram dois namorados, mas duelistas. O que me parecera beijos eram punhaladas que cada um tentava impor ao outro. O trem havia parado; pela janela, percebi que um dos contendores caíra exangue no chão. Assim que o trem abriu as portas, por não ter bagagem alguma nas mãos, fui o primeiro a correr em sua direção na plataforma.

Pela expressão do rosto, tinha expirado o último fio de vida. Parecia tranquilo, indiferente à balbúrdia da cidade grande. Apoiei sua cabeça em meus braços e tive o vago pressentimento de que o conhecia. Acho que, desta vez, a memória surgiu abrupta. Olhei-o mais uma vez e não tive dúvidas: era eu.

# Um dia comum

Naquele dia, Edgard acordou sem imaginar o que estava por vir. Talvez a rotina tivesse justo esta função: entorpecer os sentidos, para que não se pudesse nem ao menos suspeitar. Foi até o banheiro e expeliu um mijo grosso e amarelo. Lavou o rosto, escovou os dentes e nem estranhou o rosto amarelado refletido no espelho. Por um segundo, ficou em dúvida se tomaria banho ou não, mas logo decidiu-se pela segunda opção.

Iniciou uma delicada operação, na qual despendia um bom tempo: penteou um cabelo que, de tão ralo, custava a tomar forma (paulatinamente, os longos fios, seu maior atrativo, vinham rareando a olhos vistos; as entradas já eram bem fundas, e todo o afã consistia em disfarçá-las).

Voltou ao quarto e, enquanto sua mulher dormia, vestiu a velha calça jeans. Preocupado em não fazer ruído, abriu o armário e pôs-se a escolher cuidadosamente a camisa. Tentou retomar a música que havia composto no dia anterior. Notou que a que lhe vinha à mente não era exatamente a mesma. Vestiu a camisa, escolheu a meia na gaveta e calçou o tênis. Como estava atrasado, decidiu não tomar café.

Já na rua, a caminho do ponto de ônibus, continuou tentando trazer à memória a música que lhe fugia. Uma luta sem trégua. Corria o risco de perdê-la para sempre. Naquela hora, a rua da Passagem tinha pouco movimento, não teve dificuldade em atravessá-la. Suspeitou de um menor malvestido que vinha em sua direção. Repetia a música em sua mente, mas ela insistia em vir modificada. Aquela alteração não lhe agradava, e ele continuou sua via-crúcis.

No ponto, aguardou o ônibus. Longa espera. Suspeitou que o último houvesse passado há poucos minutos. A música não vinha, e tudo indicava que aquele seria um belo dia de sol. Havia uns escolares no ponto, trabalhadores também. À medida que o tempo passava, o movimento ia aumentando. Finalmente, o ônibus despontou no fim da avenida, e ele consultou o relógio.

O motorista e o trocador, diferentes, indicavam que ele estava certo em sua suspeita: seu ônibus passara antes. Durante o trajeto, bem em frente à praia de Botafogo, a música surgiu exatamente como ele a compusera na véspera. Era preciso repeti-la milhões de vezes. Dessa vez, não tornaria a perdê-la. Tentou racionalizá-la, visualizá-la em seus pormenores. Quis entender por que havia aquele desvio, que o fazia perdê-la. Como não havia engarrafamento, o ônibus atravessou rapidamente o túnel Santa Bárbara. Chegaria mais cedo do que imaginara, pensou.

Atravessando o bairro do Catumbi, notou o céu azul e não pôde deixar de se deslumbrar mais uma vez com o Sambódromo. Pensou no trabalho e no Manoel, seu companheiro de carteira. O ônibus agora atravessava a Presidente Vargas. Todos os detalhes eram importantes naquele momento. Quanto mais minucioso fosse, melhor.

E lá estava o Maracanã, que logo seria tomado pelos torcedores. Edgard percebeu também que havia se acostumado àquele horário — nos primeiros dias, dormia no ônibus e não se deslumbrava com a paisagem. Mas, naquele dia, estava bem aceso e continuou a repetir a música na cabeça.

Ao descer na Vinte e Oito de Setembro, empreendeu uma longa caminhada até chegar ao trabalho, na Barão de São Francisco. Percebeu que aquela caminhada diária só podia lhe fazer bem à saúde.

Encontrou vários colegas no hall dos elevadores. Cumprimentou alguns. Havia esquecido de pôr o crachá, e o segurança chamou-lhe a atenção. O elevador subiu lotado, como sempre acontecia, e ele pôde perceber que chegara com dez minutos de antecedência.

Era preciso relembrar os menores movimentos. Edgard estava ciente de que todo esforço, nesse sentido, lhe traria alguma compensação. Deveria eliminar a abstração. Deveria se limitar apenas a descrever. Todo seu esforço de memória consistia em repetir cada movimento.

Em sua carteira, abriu o micro e entrou em sua caixa de e-mails. Nenhuma mensagem que valesse a pena, só alguns informes publicitários. De onde estava, seu campo de visão perpassava toda a sala. Percebeu que a estagiária, por quem morria de tesão, já tinha chegado. Ela nunca saberia disso. A timidez dele permitia, no máximo, um aceno de cabeça. Às vezes, ele lhe concedia um sorriso, que era uma expressão de esgar.

Logo os funcionários foram chegando. Quando o ponteiro marcou nove horas, todos já estavam em seus devidos lugares. Ao seu lado sentou-se Manoel, escriturário concursado, assim como ele. Edgard já tinha começado — acompanhava as dívidas para com o Banco. E, ao mesmo tempo, repetia a música que havia composto. Edgard sabia: somente à custa de muita repetição haveria de gravá-la.

O outro funcionário da bancada chegou: Henrique. Extrovertido, brincalhão — tudo o que Edgard não era. Falou de algum episódio que presenciara na rua, e todos se puseram a rir. A certa altura, Edgard levantou-se da cadeira e foi à sala do café. Aquela operação se repetiria diversas vezes durante o dia. O café estava bom, hoje acertaram o ponto. Voltou ao seu lugar, e Manoel lhe mostrou um site de sacanagem.

No site, um vídeo de trinta segundos mostrava um negro enrabando uma loira. Manoel repetiu-o várias vezes. Tudo feito com absoluta discrição. Como necessitava de um cúmplice, escolheu quem estivesse ao seu lado, no caso, Edgard.

Ao meio-dia, Edgard deu a saída no micro e dirigiu-se a um restaurante natural que ficava localizado a uma quadra do Banco. Comeu arroz, feijão, um pouco de legumes e carne de frango. Evitava ingerir líquidos durante as refeições. Como seu horário de almoço era de uma hora, aproveitou o tempo restante percorrendo o shopping, bem próximo do trabalho.

Ao retornar ao serviço, percebeu que estava empanturrado. Sentiu vontade de cagar. Enquanto cagava, teve a alegria de perceber que a música estava finalmente gravada em sua cabeça. Percebeu também que toda aquela engrenagem à qual ele estava integrado não seria capaz de aprisioná-lo.

Antes de retornar ao seu lugar, tomou mais um copinho de café. Deram-lhe o recado de que sua mulher havia ligado. Imediatamente, retornou a ligação, mas ela não estava. Continuou a checar as dívidas com o Banco, o que era a sua responsabilidade diária.

Olhou por cima do micro na direção de sua musa. Lá estava: linda. Comentou com Manoel o quanto era gostosa. Ele concordou e mostrou mais um vídeo: a repetição do anterior. Havia manipulação, Edgard observou. Não era possível um pau daquele tamanho. Então, Manoel teve a ideia de comparar o piru com a mão e constatou que a mão do crioulo também era grande.

Faltava pouco para dar a saída. Esse mecanismo, acionado pelo próprio funcionário, impedia a exploração do trabalho. Cumpridas as horas, Edgard despediu-se e foi em direção ao ponto de ônibus na Teodoro da Silva. Ele não podia imaginar que se encaminhava para a reta final: ninguém nunca imagina.

Agora vinha o mais importante, quando Edgard se dirigia à biblioteca. Aliás, todo o seu horário de trabalho fora estabelecido em função daquele momento. Sua sobrevivência dependia disso. Eram quase cinco horas, e o sol de fim de tarde exprimia uma nostalgia percebida por poucos.

Edgard tinha longa experiência com leituras em bibliotecas. Mas as leituras variavam com o tempo. Quando morou em Salvador, descobriu a

Biblioteca Central, no bairro dos Barris. Ali, intercalou *Ulysses* com *Casa-Grande & Senzala*, *Os sertões*, *O vermelho e o negro*, *As palavras e as coisas*. Nesse período, estava imbuído de certos valores e queria ler os clássicos. Mas agora sua leitura se fragmentava e privilegiava os livros de menor formato. Os contos tornaram-se sua nova obsessão.

Leu mais um conto de Mário de Andrade (*Contos de Belazarte*). Aquele texto remetia-o à primeira metade do século passado. De certa forma, o autor estava ligado a um humanismo que já lhe parecia datado. Mas era um texto extremamente bem escrito, que contava a história trágica de um empregado de uma família de classe média.

A biblioteca vai fechar. A hora está chegando. Ele retorna a pé para casa — essa caminhada diária lhe foi indicada pelo cardiologista. Passou pelo Passeio Público, entrou na rua da Lapa e foi até o final, desembocando na Augusto Severo. Ali, teria que dobrar à direita e seguir na direção do Catete: era este o seu itinerário. Se dobrasse à esquerda, numa decisão rápida e imprevista, iria ao encontro das travestis.

# Novamente, o outro

Havia muito que me estabelecera em Alitzen: ali encontrei o sossego de que tanto precisava. O cotidiano de uma cidade pequena tem seus prós e contras, mas é quando nos aproximamos do fim da vida que nos tornamos mais capazes de extrair seus verdadeiros benefícios.

Uma praça bucólica com um coreto ao centro e diversos bancos para se sentar; em frente, a igreja, com sua escadaria imponente, a prefeitura e o fórum. Nada me era mais regozijante do que permanecer ali, à sombra de uma palmeira, desfrutando o ocaso de minha existência.

Não percebi quando alguém se sentou na outra extremidade do banco, tão entretido que estava com meus pensamentos. Senti que já o conhecia, mas não era capaz de avançar um passo além daquela mera impressão.

Olhando-o de perfil, vi que estava na flor da juventude: tinha o queixo bem pronunciado, a pele clara e lisa, cabelos escuros. Segurava um livro sob os olhos atentos e mal percebia minha presença. Podia-se pensar, ao vê-lo tão soberano, que os novos tempos lhe pertenciam.

Não sei quanto tempo fiquei na posição de espectador, até que finalmente lhe dirigi uma pergunta. Tive que repeti-la duas ou três vezes e cheguei a duvidar de sua capacidade auditiva. Custou a sair das profundezas em que estava imerso e olhou-me fixamente.

## II

No tempo em que permaneci em silêncio a espreitá-lo, pude recordar as façanhas daquele belo rapaz sentado ao meu lado. Ele mal podia suspeitar. Sua vida fluía submersa em mistérios.

Posso relembrar o momento exato em que, minutos antes de dirigir-se a este banco de praça, ele adentrou a bela livraria da rua das Flores. Eram três horas da tarde, e posso bem imaginar o que é a vida para alguém que, preso como ele numa cidade do interior, morre de vontade de conhecer o mundo.

A livraria excitava seus sentidos. Perpassou os olhos por suas longas estantes. Ainda que não fosse de grandes dimensões, comparada a outras que viria a conhecer mais tarde, aquela, ao menos, teve o mérito de introduzi-lo aos labirintos. Nunca mais ele a esqueceria, mesmo tendo sido destruída, muitos anos depois, para dar lugar a um desses empreendimentos imobiliários que tanto desfigurariam Alitzen.

Ele é um contumaz leitor de orelhas de livros e bulas de remédio. Continua sua busca fantástica e parece mesmo um náufrago ao sabor das correntezas. Muitas vezes, sua busca se iniciava sem que soubesse exatamente o título perseguido. Ia meio às cegas, e todo livro que abria dava-lhe o ensejo de consultar outro, que, por sua vez, remetia-o a um terceiro.

Seguindo o método labiríntico, foi que, naquela tarde, caiu em suas mãos *O livro de areia*.

## III

Naquele instante, assim como já havia experimentado em outras ocasiões, manifestou-se-lhe o desejo de possuir o objeto. É possível que esse belo rapaz fosse um exemplo típico de cleptomaníaco.

Ele cheirou as páginas, deslizou o dedo pela superfície e contemplou a capa.

A vontade de apossar-se do livro era comparável ao desejo sexual. Nada a explicava. Era como se algo remoto, das camadas mais profundas de seu ser, viesse à tona. Então ele olhou em torno e se certificou de que ninguém o estava observando.

Sempre conheceu, naturalmente, a arte da dissimulação. Foi com ela que viria, mais tarde, a se iniciar na arte da escritura.

Lembro bem que, naquele momento, tocava "*Jesus, alegria dos homens*". Foi então que ele introduziu sorrateiramente o volume na bolsa.

Quanto menores, melhores. Aqueles contos de Borges tinham o tamanho ideal para serem surrupiados. Muito maior seria a dificuldade que ele teria mais tarde ao fazer o mesmo com *Ulysses*, de James Joyce.

## IV

Continuou sua busca pelas estantes, mas aquilo já fazia parte da performance. Como também a pergunta que dirigira ao lojista para despistar o roubo.

Ao sair da livraria, trazia a alegria estampada no rosto e sentia-se plenamente justificado. Olhou mais uma vez para todas as direções, certificando-se de que não corria mais perigo algum e, já na praça, sentou-se em um dos bancos.

E ali está ele, imerso na leitura, mal distinguindo a pergunta que timidamente lhe fiz. Parece beber cada palavra do livro roubado, e seus olhos estão em transe.

Lembro-me bem do conto: chamava-se "O outro".

Finalmente, após reiteradas tentativas de chamar-lhe a atenção, ele interrompe a leitura e fixa os olhos em mim.

É que, diante da minha pergunta — *não queres saber alguma coisa do meu passado, que é o futuro que te espera*? —, um olhar incrédulo, cheio de nojo e raiva, iluminou seu rosto.

# Edmund Wallace

Tenho escrito alguns contos para desanuviar o cérebro. Há quem colecione figurinhas, selos, camisas de futebol. O hobby tem essa função. Meu pai, por exemplo, tocava acordeão. Todas as tardes de sábado, segurava o trambolho e tocava. Nunca o veríamos com a sanfona durante a semana — assim como nunca me veriam debruçado sobre estas mal traçadas linhas durante o dia. O trabalho de investigador me corroía. Por isso é que, à noite, eu escrevia.

## II

"Escrever para um leitor que não existe é o máximo", assim pensava. "É também supor um outro que você nunca será", pensava, considerando aquilo um eterno hobby. Nunca perderia meu tempo escrevendo que hoje à tarde, por exemplo, fizera uma visita de inspeção ao parque gráfico da Editora Wallace Ltda.

Em poucos anos, essa tão propalada editora construiu um império digno de inveja. Todos os grandes *best-sellers* pertenciam à Wallace. A que se devia o sucesso empresarial, senão ao bom gerenciamento dos negócios, que iam da escolha do produto até sua respectiva divulgação?

## III

Esse caso tem me absorvido tanto que nem à noite consigo esquecê-lo. Lembro-me da primeira publicação da referida editora: *Nossos Comerciais*. Uma aventura do autor, arcando com os custos da edição. Ninguém o conhecia. Houve quem o visse metido em corridas de cavalo. Outros diziam que gerenciava alguns pontos do jogo do bicho. Fosse quem fosse, era franco-atirador.

## IV

Escreveu um livro de sonetos e, após a publicação, conseguiu distribuí-lo em algumas livrarias, tudo de forma absolutamente precária. Nada diferente de tantos outros que não conseguiam despertar o interesse das editoras. O fato é que o livro começou a chamar atenção.

*Nossos Comerciais* tornou-se rapidamente um livro de poemas que fazia sucesso entre jovens e velhos, intelectuais e donas de casa, grã-finos e pés-de-chinelo.

A certa altura, não havia editora que não quisesse comprar seus direitos. Mas Edmund Wallace, em momento algum, cedeu à tentação.

E foi a partir daí que tudo começou.

## V

Tenho o livro em mãos. Imediatamente, me transporto àquela tarde, quando ainda sonhava com literatura. Saí por todas as livrarias em sua busca. Era mal distribuído e, ainda assim, muito conhecido.

Na Faculdade de Direito, em que estava matriculado, comentava-se que aqueles poemas te levavam a um estado de êxtase. Lembro-me também de uma crítica em um suplemento literário chamando a atenção para o fato de que os referidos versos rompiam tanto com o romantismo quanto com o modernismo.

Após perambular pela cidade, consegui encontrá-lo em um sebo. Finalmente, teria como discutir com conhecimento de causa.

## VI

Depois das primeiras páginas, já me sentia lesado. Nunca vira nada em poesia que me justificasse tanto. Poemas sem mensagens, gratuitos como um soco no estômago. Rápidos, cheios de clichês. E cínicos. A começar pelo maravilhoso título do conjunto. Mas nunca ingênuos, como o eram as da nova geração. Sentia-se ali uma interlocução com os grande poetas: tradição e ruptura ao mesmo tempo. Tomava de empréstimo as grandes vozes e dizia o que nunca diriam.

## VII

O livro se tornou a referência de uma geração. Não sei quantas vezes o li, quantas vezes o citei. Ao reler os poemas hoje, nada encontro do que me havia desconcertado antes.

Faço um esforço de memória. Busco a antiga sensação, sem encontrar-lhe os rastros. E tudo começa a fazer sentido. Aquele volume pertencia à primeira edição. As páginas amarelecidas, a capa desconjuntada.

Tive um vislumbre, uma intuição, um pensamento louco. Quis comprar um volume da última edição. Talvez o achasse em alguma livraria, mesmo com a sentença judicial suspendendo as vendas.

## VIII

Os sebos sempre me salvam. O livro vinha encapado com plástico. Então, ao abrir o novo volume, pude sentir o cheiro de suas páginas, o branquinho delas, as letras bem escuras, a nova capa com design arrojado.

E, de pronto, fui transportado.

Os poemas me surgiam tais como antigamente. Sintéticos. Com uma linguagem informal que os tornava acessíveis também a pessoas mais simples. Eles continuavam sendo um sucesso de vendas, assim como todas as demais publicações da Editora Wallace Ltda.

## IX

Os problemas começaram com um boato, ao qual não demos muita atenção. Mas o boato é como um zumbido: fica lá, zumbindo, até que, um dia, resolvam levá-lo a sério. E o boato dizia assim: "Os livros da Editora Wallace Ltda. têm cocaína". Uma insensatez à primeira vista.

# X

Como tantas outras: cocaína no brinquedo da Xuxa, cocaína na bala vendida em portas de colégios, cocaína na Coca-Cola.

Para quem trabalha no setor de narcóticos, como venho fazendo há dez anos, é fácil reconhecer um delírio popular. Infelizmente, não era esse o caso: havia fortes suspeitas, ainda que nada pudesse ser provado, quanto às publicações da Wallace Ltda.

Certo dia, recebemos denúncia de um carregamento. Fizemos a diligência e o autuamos. A cocaína vinha disfarçada em latas de creme de leite. Como as notas fiscais eram frias, recorremos às nossas velhas técnicas, datadas ainda da Segunda Grande Guerra.

E foi como se caminhássemos por um intrincado labirinto, entre vários nomes surgidos — alguns verdadeiros, outros falsos — até desembocarmos em Edmund Wallace.

## XI

Lembro-me de quando procurava editoras. Muitas delas valorizam o professor, o tradutor... Muitas vezes, o currículo é mais importante que a obra. O que um inspetor de polícia podia oferecer, senão histórias policiais — um gênero tão sujeito a preconceitos como o era a poesia?

Eu não poderia imaginar que a Editora Wallace Ltda. viria a sofrer tamanhos reveses.

Lembro-me de quando levei pessoalmente os originais. Poderia remetê-los via correio ao Departamento Editorial, mas preferi levá-los em mãos para adentrar o império e, quiçá, conhecê-lo: Edmund Wallace.

Ele me era a grande referência. Principalmente devido ao fato de não trazer títulos. Seus versos só poderiam advir de um homem sem profissão.

## XII

Não o vi. Lembro-me de que atravessava os longos corredores com os originais na mão. Talvez estivesse em uma das inúmeras salas, mas não era fácil encontrá-lo. Raramente concedia entrevistas. Vivia recluso, como um fantasma, em cada canto daquele belo imóvel. É possível que, através de uma câmera escondida, estivesse a vigiar meus passos.

Meses depois, um e-mail informava: os originais haviam sido aprovados. Eu já me achava disposto a não colocar mais no currículo "inspetor de polícia". E justamente isso foi o responsável por minha aprovação, concluí depois.

## XIII

O livro vendia como água. Que os poemas de Edmund Wallace fossem o grande *boom* na literatura compreendia-se pelo teor pungente dos versos. Mas aqueles contos, placidamente construídos por mim, buscando descobrir, apenas com o uso da razão, o assassino — como se estivéssemos diante de um quebra-cabeça — não era crível que pudessem sobrepujar, em vendas, os livros das editoras concorrentes.

E foi em meio a tudo isso que surgiram os primeiros boatos sobre o uso de drogas na publicação dos livros.

## XIV

Tudo isso só serviu para chamar ainda mais a atenção da opinião pública. Pela primeira vez na história da literatura, a editora tornava-se mais importante que a publicação.

Os jornais do mundo inteiro publicaram, em primeira página, as denúncias. Um fato raro no mundo da literatura.

## XV

Em carta aberta à população, Edmund Wallace dizia-se vítima de uma conspiração tramada por forças ocultas e afirmava que lutaria até o fim para provar sua inocência.

A sentença judicial que suspendia as vendas dos livros da editora foi revogada, e o caso transitava agora em instâncias superiores.

Os livros da Wallace Ltda voltavam a ser vendidos e novas edições vinham a público.

## XVI

Na minha biblioteca, por exemplo, todas as edições de *Nossos Comerciais* — com uma média de cinquenta volumes cada — tomavam boa parte das estantes.

Um novo critério veio a ser estabelecido para as bibliotecas particulares: em vez da diversificação, a repetição. Passaram a surgir estantes apinhadas com um mesmo livro.

Um vizinho, certo dia, fez questão de levar-me até sua biblioteca para mostrar os sessenta volumes de meu livro de contos.

## XVII

Nessa ocasião, apertaram o cerco à editora, mas nada puderam provar. O caso continuava *sub judice*.

Acertei com meu editor a inclusão de novos contos para a reedição seguinte. Este que escrevo agora, por exemplo, deverá constar, ainda que se diferencie dos demais.

A diligência feita hoje, durante o dia, no parque gráfico da Wallace Ltda., em operação conjunta com a Polícia Federal, não trouxe grandes avanços. Se pensarmos na morosidade da Justiça, certamente o caso irá se arrastar por muitos e muitos anos.

Algumas editoras concorrentes já decretaram falência.

Estive ontem a ler, mais uma vez, o livro *Nossos Comerciais*. Encontrei esta passagem, que talvez pudesse servir à acusação, não tivesse Wallace o álibi de ser apenas um poema:

“Aqui estão 10kg de cocaína.
A droga está embutida entre a letra e o papel.
De modo que, enquanto estiveres lendo,
estarás aspergindo e renascendo.”

# Palimpsesto

Durante o reinado de Henrique VIII, fundador do anglicanismo, deu-se curso a um dos períodos mais sangrentos do absolutismo europeu. É possível que, em seu reinado, tenha ocorrido o maior número de decapitações humanas em comparação às praticadas por seus predecessores e aos que lhe seguiram. Os bens da Igreja foram secularizados, e uma grande quantidade de livros, que compunham as bibliotecas dos antigos mosteiros e abadias, foi pilhada pelo Estado e vendida como polpa para a fabricação de folhas de papel.

Com a ajuda de Helmuth Smith, filólogo alemão há longo tempo morando em Londres, pus-me a investigar um velho volume datado de 1630, de autoria desconhecida. Escrito em latim, o texto falava de literatura. Na condição de velho funcionário da Biblioteca Central, tive a regalia de poder manuseá-lo, com Helmuth, até horas avançadas da noite.

Minha vida há muito tornara-se aquele velho prédio, onde, fosse qual fosse a direção em que púnhamos a vista, haveríamos de ver tão somente livros. E, à monotonia da paisagem constituída de velhas lombadas, sucedia-se um turbilhão de imagens e pensamentos, todos à nossa disposição, bastando apenas a boa vontade de abri-los.

Como os meus conhecimentos de latim tivessem se dilapidado com o tempo, Helmuth pôs-se a fazer a depuração do texto. Após algumas tentativas, tomou a seguinte forma:

"E de repente vimo-nos sós. A longa planície estendia-se diante de nossos olhos, abaixo, e tínhamos apenas relatos de tudo o que nos aguardava. A partir de então, haveríamos de andar com os próprios pés e experimentar a linguagem que não convinha mais aos anjos, apenas a nós humanos. Demo-nos as mãos e, vagarosos, com passos errantes, avançamos. A determinada altura, olhamos para trás, como que movidos por uma nostalgia, cheios de saudade. Mas o mundo nos esperava, e nossa literatura haveria de ser construída junto com as nossas ações.

"Que de nada valeria o saber, se a ele não acrescêssemos as ações.

"Então fomos, já não era sem tempo, trazendo nos corações o que deixáramos para trás. Minha companheira pusera tudo a perder, mas, por isso mesmo, obrigava-nos agora a uma nova linguagem. Em consequência, ficaremos sujeitos às vicissitudes. Um vento frio nos corta os flancos, e todas as entradas da nossa antiga morada estão bloqueadas. Estamos no exílio. Não pertencemos a lugar nenhum. Saber do caminho que haveremos de trilhar não tira em nada a sensação de abandono. O exército de nossa antiga pátria, de elmos refulgentes e espadas luzidias, permanece em posição de guarda. Fomos escorraçados. Mas haveremos de voltar.

"Nisso ela fez um muxoxo, como a dizer: ora, e daí? E os seus olhos eram setas afiadas fincando a escuridão."

Quem sou eu para pôr em dúvida a eficiência de Helmuth? Essa junção de linguagem formal e modernismos talvez fosse o que o fez chegar onde tanto desejara. Morava em Londres havia vinte anos, e seus estudos de filologia o faziam habitar um universo paralelo àquele das bombas, dos atentados e dos desfiles de moda. Talvez fosse seu modo de juntar tempos tão díspares.

Mas, no passar de uma lupa por aquela mesma página, deu-se o imprevisto. Acabávamos de fazer uma descoberta: um novo texto, sob aquele que acabáramos de traduzir, deu-se a ver — muito embora alguns trechos, desgastados pelo tempo, estivessem ilegíveis. Helmuth tinha longa experiência no manuseio desse tipo de material. Em pouco tempo, o texto foi tomando forma, e pus-me espantado quando, ao final de algumas horas, ele me deu a sua versão final:

"Uma luz, sobre a qual meu dizer era pouco. Que estranha experiência aquela. Quanto mais olhava, menos eu via. E hoje, agora, pouco posso falar do que via, e que é tão difícil de ser relembrado, entendido e traduzido. A literatura é essa defasagem, contra a qual investimos palavras no intuito de diminuir a distância. E, no entanto, a luz, que não se traduzia em imagem alguma, era tão somente um ponto fixo.

"E quanto mais olhava, menos eu via. Tudo o que no mundo se desencadernava via-se fundido num só volume: substâncias, acidentes e costumes estavam em fusão num mesmo lume. Num ponto, diante do qual eu me sentia mais prostrado do que diante de vinte e cinco séculos de história. No entanto, àquele ponto fixo sucedia-se uma metamorfose em quem o visse.

"Franzindo os olhos foi que eu vi, constituindo o ponto, três círculos de três cores. A um desses círculos correspondia o foco propriamente dito, através do qual eram vistos os outros dois. Em tão difícil imagem, a cujo princípio era-me vetado o acesso, pude vislumbrar o Homem, como uma miragem no deserto. O recurso ao espelho não é um expediente estranho diante do sem nome. Mas justamente aí foi-me tolhida a alta fantasia: o desejo a tudo contornava e produzia sentido em pleno nonsense."

Helmuth estava ciente de que se encontrava diante de um documento histórico. Seus olhos conturbados produziam um estranho brilho, como se tivesse vivido todos aqueles anos na expectativa daquele raro momento.

Tirou várias fotos da mesma página, não só para documentar a dupla escrita, como também para se certificar de que nenhuma outra surpresa nos aguardava. Com o emprego de raios infravermelhos ou de radiações ultravioletas, poderia vir à lume o fantasma de algum outro manuscrito, invisível a olho nu ou através de lupa. Assim procedeu e, em razão do adiantado da hora, demos por encerrados os trabalhos. No dia seguinte, revelar-se-iam os filmes, e cumpriríamos a segunda etapa da operação: a identificação de um possível novo texto e sua respectiva tradução.

## II

Minha experiência como bibliotecário, a frequentar longos corredores em cujas prateleiras os livros eram alinhados segundo critérios os mais variados, dava-me, por si só, a ocasião de viver essa estranha fantasia: num mesmo recinto, ou ainda numa mesma prateleira, quem sabe, um ao lado do outro, tempos completamente diferentes, pensamentos opostos, juntinhos. E agora essa experiência se aprofundava: uma mesma página de fibras vegetais guardando em seu cerne textos simultâneos e diferentes entre si.

No dia seguinte, Londres amanheceu em pandemônio. Eram as bombas dos terroristas, explodidas no metrô, deixando milhares de vítimas. Entre elas, a figura do ilustre filólogo alemão Helmuth Smith.

## III

Foi sob intensa comoção, passadas algumas semanas, que retomei o trabalho. Antes de pedir ajuda a um novo filólogo, arrisquei-me sozinho e, debruçado sobre as imagens reveladas nas fotos, pude verificar que um outro texto, menos legível ainda, fazia-se presente junto aos anteriores. Pude empregar a mesma metodologia usada por Helmuth. É possível que tenha produzido verdadeiros barbarismos, mas, a cada vocábulo, vinha-me sua imagem consultando diversas fontes, comparando-as à exaustão e decidindo-se pela palavra que melhor produziria o seu sentido final. E assim traduzi o novo texto:

"Não é curto o tempo que temos, mas dele muito perdemos. A vida é suficientemente longa e com generosidade nos foi dada para a realização das maiores coisas, entre elas, a literatura. É somente com a literatura que multiplicamos a vida, em vez de a desperdiçarmos em luxo e indiferença. Somente os ociosos estão disponíveis para a sabedoria.

"Aqueles que dedicaram toda a sua vida à literatura, sem perder um só instante, são os que administram bem o tempo de sua vida, acrescentando-lhe os séculos passados e inventando-lhe novos. Adquirem assim a eternidade, sem ânsia pelo futuro nem tédio com o presente.

"E, dessa maneira, tendo tido uma vida longa ou curta, terão vivido intensamente e aprendido a morrer: nada lhes será arrebatado, pois já estão devidamente saciados.

"São justamente os Homens ocupados, distantes de si, cuja maior parte da vida transcorre em atividades práticas e mundanas, que mais alimentam esperanças, chegando a tomar disposições em relação a coisas que estão além de suas vidas: enormes túmulos, serviços públicos, pomposas exéquias... quando seus funerais, em verdade, deveriam ser conduzidos à luz de tochas e círios, como os funerais das crianças."

## IV

Ao concluir a tradução daquele pequeno texto, pensei no irônico fim de Helmuth Smith. Sempre vai existir uma defasagem entre vida e literatura. Nos três textos à minha frente, no último dos quais eu cometera a audácia da tradução, percebia-se a origem comum: eram textos latinos.

Na morte de Helmuth, concorriam outras procedências: um alemão em Londres, um especialista em línguas clássicas em pleno século XXI, terroristas muçulmanos num metrô londrino; árabes e latinos; bombas e bibliotecas.

# O homem invisível

Isabel olha no espelho e dá os últimos retoques. Traja um vestido de organdi preto, com um decote insinuante. Os cabelos, assim como os olhos, são escuros. A cor da pele, morena clara, talvez denuncie uma ascendência árabe. Usa poucos acessórios e pouca maquiagem.

Entreolha-se mais uma vez, como se pudesse deparar com algum furo: algo sorrateiramente disfarçado que, quando menos se esperasse, viesse à tona.

O quarto é moderno e confortável: em cada detalhe, a marca do bom gosto. Se a moldura do espelho remete ao barroco, com sua superfície cheia de entalhes, a cama, larga e macia, lembra que o conforto é uma exigência moderna.

Não seria nada impossível que Isabel encasquetasse com alguma coisa em sua indumentária, algo que só ela visse. Várias roupas estendidas sobre a cama denunciavam isso, e o belo vestido de organdi preto talvez viesse a ter o mesmo fim — não fosse a campainha tocar.

Era ele. Isabel aguardava por aquele momento havia muito tempo, e não há dúvida de que está ansiosa. Em vez de se dirigir à porta, olha-se mais uma vez, entreolha-se de novo.

Quando abre a porta, Mark Trace, o editor da poderosa *Argument Books*, mal consegue disfarçar a admiração. Os dois se abraçam e, antes de continuar, precisamos abrir um parêntese.

## II

Me chamo Luís Edgard Hoffman. Meus pais, Henry Hoffman e Karen Klisman Hoffman, nascidos em Berlim, desembarcaram no Rio de Janeiro em julho de 1944. Vinham fugidos da guerra e traziam, fechada a sete chaves, a origem nazista.

Quando aqui chegaram, eu ainda era uma criança de colo. Meu pai conseguiu, através da única referência que tinha, um emprego como caseiro em um sítio em Nova Friburgo, onde fomos alojados.

Minha lembrança era de dias tranquilos. Tio Wolf, como eu o chamava, dono da bela propriedade, cultivava antúrios em grandes estufas com fins comerciais e mantinha um viveiro de pássaros exóticos. Fomos muito bem acomodados em uma das casas da propriedade.

Aos cinco anos, vi-me retornando à cidade do Rio de Janeiro, e nada me causou maior impacto do que aquele lugar. As razões da repentina mudança sempre me foram escondidas, de modo que só bem mais tarde, ao concatenar os fatos, suspeitei de alguma perseguição a meus pais.

Matricularam-me no Liceu de Artes e Ofícios, onde o ensino era público. Morávamos em uma casa de cômodos, e minha mãe, por intermédio do Tio Wolf, conseguiu emprego como governanta em uma família de nobres alemães. Meu pai, quase um poliglota, ensinava inglês, francês, grego, latim e espanhol, sobrevivendo de aulas particulares.

## III

Acho que data desse período minha primeira experiência daquilo que tratarei a seguir, daquilo cujas consequências sofro até hoje.

Saíamos da escola em bando e, como eu morasse muito próximo, minha mãe permitia que fizesse sozinho o trajeto de casa à escola. Na volta, eu e um grupo de colegas sempre entrávamos em uma loja de doces.

A traquinagem consistia em surrupiarmos as balas que ficavam expostas. Eram balas de chocolate, embaladas em papel prateado. Os que eram pegos eram convidados a se retirar imediatamente. E todos eram pegos — menos eu.

Ao que me consta, essa foi minha primeira experiência desse tipo, e me fugia à explicação. Anos mais tarde, eu me remetia ao acontecimento: a ausência de massa muscular e a cor da pele, clarinha, em contraste com meus colegas, pardos e brutamontes, não era razão suficiente para que eu passasse despercebido pela vigilância.

Olhava para as balas que luziam, e bastava estender a mão. Ficavam ali, amontoadas em abundância. Ao contrário dos meus colegas, que se punham a rir, como se fosse apenas mais uma brincadeira, eu só roubava quando me afastava dos demais. Mas isso também não explicava a permissão que só eu tinha.

Em silêncio e com suavidade, colocava várias balas no bolso e saía da loja sem ser abordado. Chupava-as no caminho para casa, entre a multidão de desconhecidos.

## IV

Vem desse tempo meu gosto por caminhar pelas ruas. Diferente de minha mãe, que, para chegar à casa dos patrões, tomava duas conduções, e de meu pai, que, para ministrar suas aulas particulares, vivia entre bondes e lotações, meus percursos eram sempre feitos a pé.

Não tínhamos familiares no Brasil. Em casa, falava-se alemão; fora de casa, português. Em que isso poderia se relacionar à experiência da invisibilidade, senão pelo fato de que viver entre dois países talvez fosse o mesmo que não viver em nenhum?

## V

Aprendi a ser sonso, fazendo tudo o que desejava — mesmo as coisas mais reprováveis — de forma plácida e tranquila.

Certa vez, durante a recreação na escola, brincávamos de pique-esconde e me vi escondido em uma sala escura, que servia de depósito. Uma das meninas havia escolhido o mesmo local para se esconder, de modo que ficamos frente a frente, em silêncio.

Ela era loirinha, assim como eu, e tão magrinha que um vento mais forte seria capaz de levantá-la. Aproximei-me e encostei-lhe o dedo nos lábios, pedindo silêncio. Ela compreendeu e sorriu baixinho.

Estávamos agachados, e nossos joelhos se roçavam naquela sala escura, cheia de latas de leite em pó. Nunca nos achariam ali. Foi com essa certeza que fechei o punho e, sem que ela suspeitasse, acertei-lhe um soco na boca.

Imediatamente depois, saí do esconderijo e retornei à sala de aula. Não fui recriminado pela agredida. Eu ficava tão quietinho na sala que tinha a impressão de desaparecer.

## VI

Foi quando o sexo explodiu, aos dezessete anos, que descobri a literatura. E, com ela, mais um acesso se franqueava.

Datam desse período — do golpe de Estado impetrado pelos militares — os primeiros beijos, as zonas, a masturbação, as guerrilhas... Mas a nenhuma dessas atividades eu me integrara de fato. Vivia, nessa época, a experiência do desaparecimento. Muitas vezes, meus pais, já de idade avançada, punham-se preocupados.

Os primeiros escritos também datam dessa época, e eu mal podia suspeitar o que lhes estava reservado.

Meu pai morreu assassinado, e minha mãe retornou à Alemanha quando ingressei no serviço público. Nunca conseguiram esquecer sua origem. Para eles, a experiência do exílio foi a mais amarga.

## VII

Você, que já deve estar impaciente dentro desses parênteses que nunca acabam, não imagina a importância que o serviço público teve para minha experiência de desaparecimento.

Nessa época, já havia desenvolvido em alto grau a capacidade de sumir. E foi assim que, certo dia, durante o expediente, um colega se referiu a mim em conversa com outro:

— Onde está o Edgard?

— Ele veio hoje?

— Tive a impressão de vê-lo, mas não tenho certeza.

— Eu não o vi.

Algo de estranho acontecia, e não foram raras as vezes em que usei desse expediente para evitar que me encaminhassem determinado serviço ou para fugir de alguma reclamação.

Quando Isabel me ligava, não era incomum que algum funcionário esquecido respondesse, pateticamente, ao meu lado:

— Ele não se encontra.

## VIII

Conheci-a em um curso de francês. Claro que nos apaixonamos perdidamente, mesmo que eu me sentisse tão anestesiado naqueles tempos. Isabel foi quem chamou minha atenção para o fato de que eu escrevia com estilo. O que despertava meu interesse não era a poesia em si, mas aquilo que, através dela, seria capaz de atingir.

Como naquela época eu morasse em Copacabana, assim como ela, e conseguisse gerir minha vida de forma independente financeiramente, não é difícil imaginar que, em tempos tão anticonvencionais, passamos a morar juntos, mesmo tendo nos conhecido há tão pouco tempo.

Tipicamente carioca, Isabel era capaz de versar sobre os mais diversos assuntos. Fazia parte daquele grupo de pessoas que devem tudo o que sabem a conversas intermináveis.

Mas nada disso eu havia enxergado ainda, nem ela havia manifestado outro desejo além de uma casa cheia de livros e um homem que fosse seu.

O mundo não nos interessava. Ainda a tenho diante dos olhos, remexendo meus poemas, classificando-os por grau de importância, sabendo muitos deles de cor. Depois, listava as editoras, remetia-lhes o material e mantinha acesa em mim a chama da esperança.

Morávamos a uma quadra da praia. Quando Isabel trouxe suas coisas, o espaço que restou era tão exíguo que até no banheiro tivemos de arranjar lugar para os livros.

Seu pai era desembargador e sua mãe, professora. A família girava em torno dos sete filhos, dos quais cinco eram casados e também já tinham filhos. Se pensarmos também nos tios e primos, tem-se uma ideia do que representava Isabel e do quanto estava inserida no ambiente que a cercava.

As dificuldades começaram quando fui apresentado à família. Acho que ela compreendia. Sobretudo porque, no começo, não via mal que eu desse as costas àquela legião de cariocas extrovertidos e ruidosos que faziam parte de sua família.

Um dia, ela quis almoçar com os pais. Era domingo, fazia tempo que não os visitava. Embora alguns irmãos telefonassem, ela havia se afastado deles e sentia saudades.

Seja porque eu tivesse outros planos, seja porque, de certa forma, todos soubessem que eu era a causa da longa ausência da filha, o fato é que Isabel foi só. E, pela primeira vez desde que vivíamos juntos, manifestei o desejo de desaparecer.

## IX

Fazia tempo que não me acontecia aquele estranho fenômeno: estava diante de um livro e percebi, quando já não o tinha em mãos, que havia atravessado a porta, descido as escadas e, tendo já ganhado as ruas, ia ao encontro de Isabel.

Fazia tempo que não me tornava invisível, e foi um momento de júbilo poder andar pelas ruas como quando era criança, sem que ninguém pudesse atinar com a minha presença.

Qual não foi minha surpresa ao chegar à casa dos pais de Isabel e vê-la junto dos seus. Era outra. Se a invisibilidade, até então, me permitira extrair-lhe coisas boas, naquele momento fui capaz de perceber o que muito me custava crer.

As irmãs, em número de quatro, estavam reunidas no quarto após o almoço e, como há muito não se viam, punham na ordem do dia todos os assuntos. Fiquei ali, encostado à janela, completamente invisível, de maneira que pude testemunhar o que diziam, do que riam e como pensavam.

Saí atordoado daquele quarto.

## X

Quanto a Isabel, nunca perdia as esperanças. Continuava catalogando meus escritos — dessa vez, de olho nos concursos literários. Ainda que eu não conseguisse nem menção honrosa, ela me inscrevia em vários concursos. Era um coração obstinado, e às vezes eu me perguntava, com a imagem das irmãs reverberando na cabeça, se ela realmente gostava de mim.

Essa dúvida me fez começar a persegui-la quando saía às ruas. Muitas vezes, vinha-me a imagem de um amigo seu, guerrilheiro, segurando uma metralhadora. Outras, punha-me ao seu lado a fim de flagrar em seu olhar algum indício de traição. E quanto mais eu a observava sem que ela soubesse, mais me certificava de que a Isabel com quem eu vivia era completamente diferente daquela que via na fila do banco ou fazendo compras no supermercado.

Cada vez mais eu recorria ao artifício de ficar invisível — fosse porque me eram facultados os recursos, fosse porque, levado pelo ciúme, quisesse surpreendê-la me traindo.

Foram muitos anos de dissimulação. Ela nunca seria capaz de perceber um fiapo do que eu pudesse pensar. Naqueles tempos, já havia reunido um bom número de poemas. Isabel se debruçava sobre eles sem sequer imaginar que eu a mantinha sob estrita vigilância.

Ao retornar do trabalho, certo dia, já passavam das vinte e duas horas e não a encontrei em casa. Alguma coisa me fez pensar no pior, e de imediato me vi transportado à casa de seus pais. Tudo me servia de pretexto para recorrer à invisibilidade. Mas, ao chegar lá, não encontrei nem sinal dela.

Os pais discutiam o fechamento do regime e o movimento de guerrilha no Brasil. Bebel, a filha mais nova, fazia parte do movimento estudantil e era, para eles, motivo de preocupação constante, por seu temperamento obstinado e corajoso. A mãe, professora de História, talvez fosse a mais tolerante e ponderada naquela família em que todos tinham uma opinião sobre tudo.

Daí porque, ao entrar pela primeira vez no seio daquela família, tive a sensação de estar em um vespeiro de abelhas assassinas.

Ao retornar, pensei no quanto Isabel, vinda de onde vinha, era livre e autossuficiente. E também nos motivos que teria para estar com alguém tão diferente dela. Naquela noite tumultuada, pensei na morte de meu pai e na névoa que encobria minha família.

Percebi, também, o quanto me tornava cada vez mais invisível. O que não deixava de ter seu lado admirável e sobrenatural.

Talvez devesse contar a Isabel o que vinha acontecendo comigo, mas aquele era um segredo fechado a sete chaves, graças ao qual eu me reconhecia.

Fui andando pelas ruas, mais morto do que vivo. Minha maior predileção era andar a esmo, talvez apenas dando tempo para Isabel chegar. Minha invisibilidade não me permitia estar em mais de um lugar ao mesmo tempo.

## XI

Quando cheguei em casa, Isabel já estava deitada. Antes de me reencarnar, passei em revista sua bolsa e suas roupas, tentando encontrar alguma pista de onde ela tinha estado. Como não encontrei nada que a incriminasse, deitei-me ao seu lado e peguei no sono.

Pela manhã, Isabel sentiu minha falta e ligou para os pais, preocupada. Não havia nada que justificasse minha ausência e, ao se certificar de que eu havia faltado ao trabalho, resolveu procurar a polícia ao final do dia. Encaminharam-na a uma delegacia especializada em casos de desaparecimento, onde lhe pediram que aguardasse mais dois dias.

Nesse período, Isabel não recebeu nenhum comunicado. Entre as diversas possibilidades que cogitou (sequestro, atropelamento, mal súbito, amnésia, perseguição política, traição...), nenhuma delas sequer foi capaz de suspeitar.

Chegou a ir, acompanhada do pai, ao Instituto Médico Legal para reconhecer um corpo; não me encontrou em nenhuma das quatro vezes em que fora chamada. Na Divisão Antissequestro, as investigações não avançaram muito, de modo que, ao findar os seis primeiros meses, abateu-se sobre ela um certo desânimo.

A vida continuava, e talvez o único elo que ainda a mantinha ligada a mim fosse os poemas.

## XII

Eu não sabia justificar aquele estado de coisas. E, no entanto, estava ali, ao seu lado, a cada minuto.

No início, tentei chamar sua atenção. Lembro que, deitado ao seu lado, punha-me a morder seu braço, mas o esforço em fazê-la notar minha presença não surtia efeito. Outras vezes, gritava como se estivesse a mil léguas de distância. Mas nada funcionava e, com os anos, fui me acostumando àquela situação.

Com esse novo modo de vida, só me restava seguir Isabel, acompanhá-la, repeti-la em seus menores movimentos, a tal ponto que me tornei seu duplo.

Quando ela, já conformada com meu desaparecimento, punha-se a comentar a vida alheia com as irmãs, eu nem reagia como fizera da primeira vez. Era natural que me sentisse cada vez mais distante.

## XIII

Ainda assim, antes que eu possa fechar os parênteses e retomar o relato — e, ainda que esses parênteses tenham sido preenchidos por vácuos e ausências —, eu existo. Ou melhor, subsisto. Não morri.

Um homem só pode receber a certidão de óbito quando seu corpo é identificado. Qual foi a minha *causa mortis?* Meu pai, por exemplo, foi morto e enterrado no Brasil: supostamente, reagiu a um assalto e foi assassinado. Vi seu corpo ser enterrado no Cemitério de São João Batista (não há dúvida alguma quanto a esse fato).

Minha mãe voltou à Alemanha e vive até hoje junto dos seus. Isabel, como há muito eu supunha, mostrou-se uma pessoa autossuficiente e determinada, como o eram todos de sua família.

Nos anos seguintes, de maior abertura política, ela continuou o trabalho de dar corpo à obra que eu havia escrito na sombra e, ainda que não fosse capaz de escrever uma só linha, foi a campo, chamando a atenção de pessoas influentes do meio literário.

A simpatia que irradiava, além dos chamativos olhos verdes, talvez tenha sido decisiva para a boa aceitação da minha obra. Ninguém como ela para convencer os recalcitrantes diante daqueles poemas.

Acho que Isabel não se deu conta do que fazia quando os assinou e os pôs nas mãos de um dos nossos poetas mais laureados.

Nascia então um nome nas letras nacionais. E não era sem tempo: quem, senão ela, acreditou mais naqueles manuscritos que acumulei ao longo dos anos e que tinham a única função de me tornar cada vez mais invisível?

Nada mais justo do que eu perder, agora, a sua autoria. E, pensando bem, depois disso tive a sensação de que meu trabalho havia sido concluído. Ninguém melhor do que o artista para saber.

Talvez você possa perguntar, incrédulo, a que cargas d'água se deve tudo isso. Mas sugiro que me dê um desconto. Os parênteses não são o mundo real, muito embora existam. Agora, sim, podemos fechá-los.

## XIV

Isabel olha no espelho e dá os últimos retoques. Traja um vestido de organdi preto, com um decote insinuante. Os cabelos, assim como os olhos, são escuros. A cor da pele, morena clara, talvez denuncie uma ascendência árabe. Usa poucos acessórios e pouca maquiagem.

Entreolha-se mais uma vez, como se pudesse deparar com algum furo: algo sorrateiramente disfarçado que, quando menos se esperasse, viesse à tona.

O quarto é moderno e confortável: em cada detalhe, a marca do bom gosto. Se a moldura do espelho remete ao barroco, com sua superfície cheia de entalhes, a cama, larga e macia, lembra que o conforto é uma exigência moderna.

Não seria nada impossível que Isabel encasquetasse com alguma coisa em sua indumentária, algo que só ela visse. Várias roupas estendidas sobre a cama denunciavam isso, e o belo vestido de organdi preto talvez viesse a ter o mesmo fim — não fosse a campainha tocar.

Era ele. Isabel aguardava por aquele momento havia muito tempo, e não há dúvida de que está ansiosa. Em vez de se dirigir à porta, olha-se mais uma vez, entreolha-se de novo.

Quando abre a porta, Mark Trace, o editor da poderosa *Argument Books*, mal consegue disfarçar a admiração. Os dois se abraçam e, antes de continuar, precisamos abrir um parêntese.

# A casa mal-assombrada

Havíamos recebido denúncias de que uma bela residência, em um bairro luxuoso da cidade, escondia uma célula terrorista. Éramos dez. Estávamos já acostumados à rotina do terror. O inimigo, invisível, podia surpreender-nos a qualquer instante. A cada dia, uma nova baixa. Aquela guerra há muito perdera o sentido e, não fosse a ausência de pensamento que todos os soldados sofrem em campos de batalha, já teríamos batido em retirada.

O capitão William Bogard, no comando da expedição, dividiu-nos em cinco grupos de dois. Era fim de tarde. O sol derramava seus raios dourados sobre a cidade, conferindo-lhe um aspecto de beleza e mistério, suficiente para enganar um viajante desinformado.

Acercamo-nos da casa. Em cada flanco, um grupo de dois. Caberia ao quinto grupo a invasão. Tudo teria de ser efetuado em tempo hábil: quanto maior a presteza, maior a possibilidade de êxito.

Entramos. O capitão Bogard vinha à frente. Trazíamos boa munição e atiramos para todos os lados. Tomamos de assalto o interior da casa, aos gritos, como era de nosso costume. Em seguida, os demais vieram. Mas não encontramos ninguém. A casa, bem decorada, não dava sinal de presença humana. Vasculhamos todos os quartos. Nada.

Até que um dos nossos deu o sinal de alarme, e acorremos todos em sua direção. Era James, o Gordo, como o chamávamos. Ele havia encontrado o único morador: um típico habitante da cidade. A barba por fazer, cabelos e olhos negros. E, a julgar pelo semblante, parecia ter acabado de acordar.

## II

Ainda que não tivesse oferecido nenhuma resistência, o cercamos rapidamente. Algemamos suas mãos atrás das costas e lhe desferimos vários pontapés.

O capitão Bogard ordenou que ficássemos à espreita e nos espalhássemos pela casa. Ninguém. Tudo permanecia em silêncio. Pelas redondezas, nenhum movimento suspeito.

A certa altura, fui chamado pelo capitão. Eu sabia rudimentos da língua nativa; não fosse isso, nem estaria ali. O homem nos observava sem entender.

— Qual o seu nome?

— Esta é a sua casa?

— Você mora com quem?

— Consegue me entender?

Ele poderia ao menos ter balançado a cabeça, feito um gesto, um sinal, mas permaneceu mudo.

O capitão sabia que tinha um osso duro pela frente. Estávamos perdidos em um país hostil e só poderíamos nos livrar à custa de informações.

A cada pergunta, nenhuma resposta.

— Como vocês se chamam?

— Estão ligados a quem?

Às vezes, me vinha a nítida impressão de que ninguém sairia dali com vida. Para cada grupo que abatíamos, surgiam dois logo em seguida. O capitão Bogard também devia ter essa impressão, a julgar por seu semblante carregado — era como se tivesse envelhecido vinte anos em dois meses. A guerra tornava todos nós, de ambos os lados, suicidas.

No dia seguinte, chamaram um intérprete. Mas o prisioneiro não respondeu a nenhuma pergunta. Parecia ter sido preparado para situações-limite, mantendo-se insensível na maior parte do tempo.

## III

Bogard sabia como eram preparados e o que poderiam ser capazes de suportar. Durante os três dias seguintes, manteve-se em silêncio, distante, como se elaborasse um plano nos mínimos detalhes. Talvez desejasse testar os limites daquele homem; ver até onde ele poderia chegar.

No quarto dia, reuniu-nos na sala — belamente decorada com tapetes persas e mármores de Carrara — e informou-nos sobre o plano a seguir.

## IV

Na manhã seguinte, reunimo-nos diante do prisioneiro, que ouviu o que o intérprete tinha a lhe dizer sem demonstrar grande interesse.

Então, fizemos adentrar o recinto uma motosserra.

Custava-me crer nas palavras do capitão William Bogard, ditas na véspera, mas a presença da motosserra atestava sua intenção. Era um exemplo claro de como os usos e costumes se pervertiam.

Teve início a primeira cena.

Ali, não havia câmera escondida. Nesse aspecto, diferenciávamo-nos do adversário. Para eles, a televisão, assim como os jornalistas, servia para propagar seus métodos e ideais. Utilizavam os artifícios que tinham à mão para se tornarem mais conhecidos. E talvez essa necessidade, essas demonstrações de força, fossem, na verdade, um sinal de inferioridade.

A nossa luta, ao contrário, ocorria nas sombras, e éramos nós as únicas testemunhas do que acontecia ali.

## V

Naquele instante, o pobre homem já previra o que estava por vir. Era exatamente esse o desejo do capitão William Bogard: que ele visse com os próprios olhos. Não bastava que o intérprete lhe desse a entender o que teria pela frente, caso insistisse em permanecer calado.

A julgar pela expressão de seus olhos, a motosserra, de fato, surtira um efeito maior do que as palavras do intérprete.

Pela primeira vez, vi-o agitado. Tentou balbuciar alguma coisa. Talvez tenha tido a cautela de evitar que o entendêssemos, pois pronunciou sons desarticulados. Chegamos a pensar que fosse outro idioma, mas a hipótese foi descartada pelo intérprete.

Depois disso, mergulhou em silêncio profundo. Ninguém seria capaz de demovê-lo de seu propósito. Era um homem rude, bem típico daquelas plagas.

Eu não queria ver.

O capitão ordenou que lhe tirassem as algemas. Eu poderia ter me juntado aos demais, que faziam a guarda em outras partes da residência. Não tinha mais nenhuma serventia ali, isso era certo. Mas permaneci.

O tenente O'Brien segurou-o por trás, enquanto o Gordo esticou-lhe o braço direito em linha reta. Nenhuma reação havia sido manifestada pelo prisioneiro até o momento em que a motosserra foi ligada. O capitão William Bogard dirigia a cena em todos os seus pormenores. Seu assistente, o intérprete, fazia ao prisioneiro um último apelo para que revelasse o que quer que tivesse escondido. Ele permaneceu impassível, mas, assim que a motosserra foi acionada, tentou desvencilhar-se dos braços de O'Brien.

Eu não queria ver: tentei sair dali. Bastava que abrisse a porta e me juntasse aos demais. Era exatamente isso que me cabia fazer. Mas não o fiz. Se o capitão me havia permitido ficar, era porque eu tinha alguma função a exercer ali, fosse qual fosse.

Foi dada ao cabo Robinson a atribuição de cortar o braço direito do prisioneiro. E foi rápido. Em poucos segundos, o membro do infeliz foi decepado.

Assistimos com expressão patética. O braço se mexia sozinho no chão, como se dotado de movimento próprio. Enquanto isso, o infeliz gritava e se contorcia.

Já havíamos vasculhado toda a casa em busca de documentos. Como não encontramos nada que desse conta de seu nome, estado civil, filiação... permanecíamos diante de um homem sem nome, sem pais e, sobretudo, sem fala.

O intérprete, habitante do lugar, tinha a manha e sabia como proceder. Durante toda a operação, não esmoreceu um segundo sequer. Era capaz de transcender o ato de violência e, como um sacerdote que pede a conversão do infiel, soprava-lhe ao ouvido tudo o que pudesse servir para a delação.

O tenente Legrin, médico e um dos mais destacados da tropa, foi quem cauterizou o ferimento.

Chegou a interceder para que lhe administrassem um analgésico, mas isso foi prontamente descartado pelo capitão.

## VI

Fui cético ao jogo de paciência desde o início. Aquele homem sem nome guardava um mistério longe de ser resolvido. Mas nada disso me era permitido expressar; se o faço agora, é tão somente porque os anos passaram e estou velho. Só me resta lembrar.

Por uma questão de segurança, o braço foi trucidado, reduzido a pedaços diante do homem atônito.

Passaram-se mais três dias, intervalo suficiente para fazê-lo mudar de ideia. Cheguei a pensar: se fosse sagaz, saberia de antemão que não sairia dali vivo — muito menos agora, que era uma prova inequívoca da tortura. Dessa forma, falar para quê? Eu estava certo de que ele não falaria e, durante todos os três dias que se seguiram, o intérprete permaneceu ao seu lado, pedindo-lhe um voto de confiança.

O sangue foi finalmente estancado. Ele passava bem, dentro do possível, demonstrava uma resistência infinita e expressou desejo de se alimentar. Era comovente sua capacidade de suportar.

Mas o capitão estava disposto a continuar. Apostava todas as suas fichas naquele jogo. Por mais que a sombra de uma dúvida o assaltasse, vez ou outra, ele prontamente a afastava.

## VII

Os três dias se passaram e, conforme o cronograma, era a vez do braço esquerdo.

A essa altura, o intérprete — a custo de tanto lhe falar — granjeou-lhe alguma simpatia. Contava-lhe histórias divertidas, outras vezes lembrava-o do que estava por vir caso não decidisse falar. Mas, a julgar pela expressão de seus olhos, o homem sem braços se divertia. Ria porque era impossível não rir das caras e bocas do intérprete. Este, na verdade, era um traidor. Não havia como esconder esse fato, e o prisioneiro sabia.

Mas, à medida que os dias passavam, o intérprete se mostrava mais pesaroso. Havia tentado todos os expedientes possíveis. Novamente, a cena se repetiu: o tenente O'Brien segurou-o firme por trás, o Gordo esticou-lhe o braço esquerdo e o cabo Robinson, manejando agora com mais destreza a motosserra, decepou-lhe o braço.

Essa repetição teve suas consequências: 1) se novamente manifestei o impulso de evadir-me, desta vez o impulso não fora tão forte quanto o anterior; 2) o prisioneiro, conhecedor do que sentira antes, conviveu melhor com a perda do segundo braço; 3) o capitão William Bogard, ao menos, parecia-me não mais assombrado pela dúvida (independentemente dos resultados, não retrocederia: iria até o fim); 4) o intérprete, por outro lado, já não tinha a ênfase da primeira vez. (Após a perda do braço esquerdo, ele pôs-se a conversar com o prisioneiro mais para consolá-lo do que para conseguir informações; em outras palavras, admitia para si que o jogo estava perdido.)

Aquela repetição foi para todos nós menos cáustica. Após a vinda do tenente Legrin, a ferida foi cauterizada, o prisioneiro pediu água e foi prontamente atendido. Naquele mesmo dia, para meu espanto, dormi profundamente.

No dia seguinte, ao vê-lo, espantei-me de novo. Desta vez, com sua boa disposição. Era como se ele tivesse aderido ao jogo, sem infringir os limites das regras. E para ele, pelo menos, um desses limites era o seu silêncio.

Os três dias seguintes correram sem a expectativa de antes. O intérprete cumpria sua função quase de maneira burocrática, como se devesse ser exercida com o mesmo zelo de um funcionário público. Às escondidas, contava os dias que faltavam e não via a hora de sair do ar abafado em que permanecia ao lado do infeliz.

O pobre coitado, como se não bastasse a falta dos braços, viria a ser bolinado no quinto dia pelo Gordo. Aproveitando a ausência do intérprete, que obtivera licença naquela noite, e em razão de um forte desejo sexual prontamente direcionado ao mais fraco, o Gordo desafiou o silêncio do infeliz. Era a véspera do terceiro corte.

Até hoje penso em como isso pôde ter acontecido e o que o explica. O prisioneiro permaneceu em seu silêncio de pedra (aquilo, em verdade, era muito pouco para fazê-lo falar, tendo em vista tudo que já havia sofrido).

## VIII

Cortaríamos, dessa vez, sua perna (era a parte do corpo que eu mais apreciara). Ele não era desprovido de encantos. Cheguei a olhá-lo fixamente nos primeiros dias, seduzido pela ideia de liberdade que, sem querer, ele transmitia em seus olhos negros e na pele morena. Era tudo o que nunca seríamos e, mesmo sem os dois braços, resistia a nós.

Repetimos o ritual — e agora, poderia jurar, desprovido de emoção. O capitão William Bogard, militar de carreira, privilegiava a ordem e sabia que deveria proceder exatamente como planejara. Com a diferença de que, mais do que nunca, a sensação da derrota já se anunciava em sua mente.

Caminhávamos todos para o abismo, com a cabeça erguida. Podia ser que saíssemos dali vivos, mas não estaríamos ilesos.

O tenente O'Brien repetiu a operação, segurando-o firme por trás, enquanto o Gordo, com seu olhar lúbrico, esticava-lhe a perna direita. Quando o cabo Robinson, o mais novo e inconsequente da guarnição, ligou a motosserra, tivemos certeza de que aquilo era um ritual esvaziado de sentido. A perna foi arrancada com alguns grunhidos; da mesma forma que nas vezes anteriores, foi despedaçada diante de olhos vazios.

O intérprete, àquela altura, já se sentia íntimo do esquartejado. Passavam longas horas juntos e, apesar do triste desfecho, aquilo ao menos serviu para estreitar os laços de amizade. Não que houvesse diálogo — a relação entre ambos se desenvolvia nos seguintes termos: o intérprete falava, falava, traduzia os apelos do capitão Bogard, e o infeliz, no máximo, respondia com uma expressão por si só equívoca, portadora de múltiplos significados. Gesticulava muito quando pedia água ou algum gênero de primeira necessidade. Mas, quando se tratava de transmitir seu nome ou mesmo responder qualquer questão ligada à sua vida, permanecia calado.

Acostumamo-nos ao seu silêncio de pedra e lamentávamos sua triste sina.

# IX

Podíamos ter parado ali. Ou melhor, depois do esquartejamento do primeiro membro. Se aquilo não foi suficiente para lhe extrairmos as informações, o capitão Bogard devia, ao menos, ter escolhido outro método.

Por outro lado, eu me perguntava se podíamos confiar no intérprete. Quem nos garantia que os dois não articulavam um plano secreto? De qualquer maneira, se isso fosse possível, ao infeliz não restava mais que um tronco, uma cabeça e uma perna.

Às vezes, eu me punha a ouvi-los sem que o capitão Bogard me houvesse confiado a missão. Parecia-me que essa era justamente minha função, ainda que meus conhecimentos da língua nativa fossem tão precários.

Faltavam poucos dias. Após o último membro, caberia a nós pôr fim à sua vida. Cheguei a pensar no motivo pelo qual o capitão, seguindo a lógica do despedaçamento, não o degolou. Talvez para marcar a nossa diferença em relação ao adversário. Mas não me satisfazia pensar que era só por isso. Depois do esquartejamento do último membro, segundo o plano, devíamos matá-lo a tiros e cremá-lo, de modo que o corpo não pudesse ser reconhecido. A cabeça, portanto, seria mantida junto ao que restasse do corpo, mesmo após a morte.

Os três dias que antecederam o esquartejamento da perna esquerda transcorreram em clima de pesar. Gastamos tempo e dinheiro e, nunca como agora, o infeliz regozijava tanto. Não víamos a hora de abandonar a casa mal-assombrada — alguns dos nossos chegavam mesmo a ver vultos, em razão do desgaste físico e psicológico.

O capitão William Bogard, naqueles últimos dias, ainda tentou acenar-lhe dissimuladamente com a vida, caso o coitado colaborasse. Mas ele era um muro impenetrável, e a única coisa que obtínhamos era o silêncio.

Quando a última perna foi decepada e já nos preparávamos para bater em retirada, envergonhados e confusos, entendemos que o infeliz era mudo. Aquela notícia deixou-nos a todos com uma expressão patética no rosto. Nem o intérprete fora capaz de desvendar o mistério.

Aquele terá sido o único alento do capitão William Bogard, como se o fato lhe tivesse abrandado a queda. Acho que, por isso mesmo, ele próprio liquidou-o com dois tiros à queima-roupa.

# Uma história mixada

“Primeiro, você prende as pernas com um laço forte — isso é importante porque ela fica se debatendo. Em seguida, com uma das mãos sobre a cabeça, estica o pescoço dela. É importante que você tenha o joelho apoiado sobre o corpo, de maneira que a impeça de ficar batendo as asas. Feito isso, com a outra mão, você faz o talho — é bom que tenha uma faca própria para isso, de aço inoxidável. O corte no pescoço tem que ser feito com precisão: não adianta ficar dando vários cortes superficiais. Basta um único e incisivo. Imediatamente, o sangue vai espirrar. Você não pode esquecer a vasilha. À medida que o sangue vai jorrando, ela vai perdendo as forças: os olhos ficam embaçados, como se estivesse dopada; o cacarejo vai ficando mais grave, mais lento; as pernas têm contrações — são os espasmos diante da morte. Se for galinha de roça, dá para recolher até um litro de sangue. Se você fizer tudo direitinho, vai perceber o momento exato da morte.

"Recolhendo o sangue, passamos para a segunda etapa, não sem antes desvencilharmo-nos daquele resíduo do pescoço, que insiste em ligar a cabeça ao corpo — a cabeça não terá serventia, segundo nossos usos e costumes. Em seguida, mergulharemos o corpo da ave numa bacia de água fervente. Iremos depenar o frango com as próprias mãos. O calor da água ajuda nesse processo. Em poucos minutos, estará toda depenada e pronta para a terceira etapa: a retirada das vísceras.

"Agora, fazemos um outro corte na parte superior do corpo, de modo que, por esse orifício, possamos retirar as tripas, as vísceras (todas elas comestíveis) e, quiçá, alguma ova. É importante frisar o valor proteico das ovas. Em relação às vísceras, pode-se conseguir um excelente patê de fígado.

"A quarta e última etapa é o cozimento do frango. Se adotarmos o prato clássico, frango cozido, teremos que temperá-lo antes e deixá-lo algum tempo no molho. Mas, caso adotemos o frango ao molho pardo, teremos que despedaçá-lo para que as partes sejam cozidas junto ao sangue."

Neste momento, olhei de soslaio e pude reparar na expressão de esgar da menina. Permanecia muda e extremamente chocada com o que a mãe lhe dizia. Não era difícil adivinhar sua complicada relação com a cozinha. Toda a tradição que sua mãe teimava em transmitir estava em perigo.

Mas, do meu lado direito, uma outra cena se desenvolvia. Estávamos todos no último banco do ônibus, de modo que, espremido entre os dois casais, eu ouvia simultaneamente as duas conversas.

"Ele pediu que eu sentasse na cadeira e disse que logo, logo começaríamos. Sugeri a extração, mas ele rebateu de pronto a ideia. Segundo suas palavras, a extração é quando foram esgotadas todas as possibilidades de reabilitação: a extração é a morte.

"A atendente me prendeu um guardanapo de papel em torno do pescoço, enquanto ele vedava seu próprio rosto com a máscara. Em seguida, acendeu a lâmpada e me pediu que abrisse a boca. Com o espelhinho, localizou o dente, constatou o que pressentia e perguntou-me se queria anestesia. Tive a infeliz ideia de dizer não. A ideia de injeção sempre me foi insuportável.

"O cirurgião ligou o motor e, como uma britadeira no asfalto, pôs-se a abrir paulatinamente a obturação do dente cariado. Resisti bravamente, com as duas mãos apertando os braços da cadeira. À medida que a broca ia penetrando as partes mais profundas, uma dorzinha fina, afiada, aflorava. Dor de nervo. Dor que tortura porque não é extensiva como a dor de uma porrada em que toda a área circunvizinha sofre as consequências do trauma. No caso de uma obturação, não. A dor se aprofunda num determinado ponto, vai até os ossos. Dor de agulha que penetra fundo. Não se trata mais de uma superfície.

"A questão mesmo é quando a antiga obturação foi toda removida, restando ao dentista, debruçado sobre a boca aberta do paciente, perfurar a parte cariada. (Acho curiosa aquela sua argumentação, porque obturar um dente, na verdade, é eliminá-lo — mas, em vez de eliminá-lo de uma só vez, faz-se aos poucos.) Quando então a broca penetra a região em que está localizada a cárie, as lágrimas brotam, as estrelas nascem, o suor inunda a palma das mãos. Estamos no clímax. Você geme baixinho, suportando como um herói. Só que, nesses momentos, em vez de o inimigo bater em retirada diante de tamanha resignação, ele persiste, ele penetra mais fundo em regiões abissais, e não te resta outra opção senão gritar — e isso quando não seguramos o braço do torturador.

"Então se dá uma trégua. Para-se tudo. Desliga-se o motor. O paciente respira. Há um constrangimento no ar. O dentista fala: tá quase acabando.

"E tudo recomeça. É a política da terra arrasada. A gengiva sangra, você fica grogue e a luz incide direto na tua cara. De repente, quando todas as tuas expectativas de pôr um fim àquele triste espetáculo tinham desaparecido... eis que ele desliga o motor, te dá as costas e volta com uma pastinha na ponta da espátula. São os sinais do fim.

Você levanta da cadeira humilhado, com um gosto amargo na boca. Sai trôpego pelas ruas, quase é atropelado."

Essas duas narrativas reverberavam ao mesmo tempo. Uma se imiscuía na outra. Em verdade, tentei decompô-las, eliminei os diálogos, passo apenas uma transcrição do conteúdo de cada uma. Porque, simultâneo a elas, havia o ronco do motor, as freadas, a paisagem na janela.

Eu vinha de uma longa experiência como DJ. Ali, entre os casais e suas respectivas narrativas, fui construindo uma outra, absolutamente inusitada. E, ainda assim, advinda de ambas. Há muito que percebo isso: todas as minhas histórias são construídas de restos. Tudo vem se tornando, para mim, uma questão de equalização, mixagem e masterização.

De tal modo que já nem sei mais o que é ou não é real. Percebo que sou tudo que ouço.

Essa história mesmo, que vou lhes contar agora, nasceu tão espontaneamente que custo a crer que tenha sido apenas uma junção das duas.

# Estranha melodia

Às vezes, uma música não nos sai da cabeça. Nos surpreendemos a assobiá-la, depois a esquecemos; então nos distraímos e, quando menos se espera, ela retorna, como se viesse das nossas regiões mais profundas.

Foi assim que começou. Danilo era escriturário: para esses, estão reservados os grandes acontecimentos.

Quem sabe estivesse passando por problemas pessoais, dificuldades financeiras... Um indivíduo, muitas vezes, é também sua antítese. Mas, a considerar pelo semblante franco e raso, não tinha duas caras. Danilo era aquilo mesmo: um escriturário.

De manhã, corria. Um amante dos esportes. Fazia quatro quilômetros todos os dias, o que lhe proporcionava um condicionamento invejável. Além disso, era maratonista: corria a São Silvestre.

Daí porque, depois de sua morte, eu tenha ficado tão impressionado. Por mais banal que seja, um morto é um morto. Nesse instante mesmo, enquanto escrevo numa sala refrigerada, Danilo está morto, sendo comido debaixo da terra.

Sua pele está esburacada. Os vermes roem seus olhos.

Eram verdes, pareciam turmalinas. Na universidade, nos separamos: eu fui para Medicina, ele para o Serviço Público. Ninguém diria que nos encontraríamos anos mais tarde.

Eu fazia residência no Pinel e sua ficha parou diante dos meus olhos.

## II

É um exercício ético imaginar o sofrimento alheio. Enquanto médicos, aprendemos, sobretudo, a ouvir e, diante dos sintomas, elaboramos um diagnóstico.

No caso de Danilo, tudo fazia crer que se tratava de um quadro típico de psicose. Nada parecia ser capaz de tirá-lo do estupor.

Encontrei-o pela primeira vez fortemente sedado e amarrado à cama da enfermaria. Os olhos pareciam vidrados. Pelos sinais, parecia presenciar um cortejo de fantasmas. Não deu por mim e, muito menos, respondeu à minha saudação.

## III

No dia seguinte, encontrei-o no pátio, e ele parecia arredio. Sentei-me ao seu lado e, outra vez, não respondeu às minhas investidas. Continuava entretido com o que somente ele via.

As medicações ainda não tinham surtido o efeito desejado. E, vez por outra, murmurava uma espécie de algaravia.

## IV

Na véspera, eu havia conversado com sua mãe por telefone. Danilo nunca tinha apresentado um indício, um sinal sequer que a fizesse imaginar que as coisas não iam bem.

Dois dias antes de internar-se, estiveram juntos, porque o filho, que morava sozinho, às vezes, aparecia para jantar. Tinha planos de se casar em julho e, naquele dia, conversaram sobre a igreja e a recepção.

## V

Uma semana depois da internação, a melhora era visível. Tinha recebido a visita da noiva e apresentava boa disposição. Queria alta, como todos. Já começava a interagir com os demais e confessou-me: me reconheceu desde nosso reencontro no Pinel.

A noiva, Iara, tampouco notou qualquer diferença de comportamento antes da crise. Danilo era carinhoso, responsável e queria ser pai — era seu maior sonho.

## VI

Danilo foi melhorando a olhos vistos. Passou a ter influência sobre os demais pacientes e, em alguns momentos, mostrou uma malícia próxima à má-fé. A linha que separa o delírio da inteligência é tênue. Muitas vezes, o psicótico está preso a um sistema lógico e fechado, ainda que extremamente racional.

A ideia, portanto — e não deixava de ser uma das medidas terapêuticas —, era possibilitar-lhe ao máximo a interação. Seguindo um velho jargão psicanalítico, deveríamos neurotizá-lo.

E Danilo acabou por seduzir uma paciente que sofria de transtorno bipolar. Essas coisas aconteciam. Talvez fosse hora de dar-lhe alta. A psiquiatria moderna estava cada vez mais imbuída do princípio da interação entre o paciente e a sociedade. Não havia mais como conceber um instituto psiquiátrico nos moldes de um sistema de reclusão. A meta era sempre a vida em sociedade.

## VII

Alguns deliravam com vozes, outros com números. Danilo delirava com música. Sua história era parecida com a de tantos outros: mudam os objetos, as tramas, os personagens, mas a estrutura é a mesma: acontece-lhes algo; responsabilizam alguém; pedem reparação.

No caso de Danilo, o suposto culpado seria uma criança. O objetivo era fazê-lo reconstituir a história, ouvir-lhe a narração do acontecimento, os silêncios, os gestos, a ênfase que emprestava a uma determinada palavra. Adivinhar a ligação disso tudo com sua vida, fazer emergir o recalcado.

## VIII

O que me deixava suscetível à história era o fato de o paciente delirar com música, com notas musicais saídas da pauta para atormentar seus ouvidos. Fazer-se refém de uma linguagem diferente das palavras. Sentir, a cada instante, o murmúrio das notas. Senti-las intrometendo-se entre as palavras, como seres de outro planeta.

Cheguei a pensar que, se me acontecesse isso, seria um mal delicioso. Quantas noites não acalentei, sob influência das *Canções de Maldoror*, galhos retorcidos, olhos vidrados, solitude? A ciência deu-me a lógica e a tristeza. As palavras soam-me sempre como um compêndio de anatomia.

## IX

Por fim, sob o aval de minha supervisora, Danilo teve alta. Nunca se sabe do que um psicótico é capaz.

A crer por suas palavras, a música interferia cada vez menos. Era outro em relação àquele que chegara. Manifestava espírito de liderança, conseguia expressar com clareza os pensamentos, lembrava-se bem da época em que frequentávamos a mesma sala de aula.

## X

No tempo em que esteve em alta, tive vagas notícias dele. Retornou ao serviço, casou-se e, segundo sua mãe — a quem um dia encontrei ocasionalmente em um shopping center —, procurava manter-se afastado de qualquer tipo de música.

Ainda que integrado ao dia a dia, esforçando-se ao máximo para manter a mente ocupada, conforme orientações de seu terapeuta, Danilo trazia ainda quente na memória os sofrimentos passados.

## XI

Beethoven ficou surdo e, no entanto, continuava a ouvir. Algumas das suas mais belas sinfonias foram compostas nesse período. Enquanto isso, minha vida ia seguindo ao ritmo de uma canção monocórdica. Consegui me tornar tudo o que nunca quis. A clínica me mantinha longe de meus ideais.

## XII

Anos mais tarde, Iara me ligou sob o pretexto de que tinha algo importante a dizer. Parecia um tanto aflita, e perguntei sobre Danilo.

Marcamos um encontro em meu consultório, num horário vago, o que não era difícil para alguém que, como eu, dispunha de uma clientela tão diminuta.

Danilo não ia nada bem, mas, para piorar a situação, ela também vinha apresentando os mesmos sintomas, confessou, com os olhos tão vidrados quanto os dele.

Contou a estranha história de que, certo dia, ao retornar do trabalho, Danilo chegou em casa assustado. Há muito não se queixava e parecia plenamente restabelecido. Mas, nesse dia, jurou tê-lo visto novamente: o menino.

Então Iara revelou, com detalhes que Danilo nunca fornecera, o primeiro encontro dele com a criança — a causa da crise inicial.

Foi num vagão do metrô. Ele retornava do trabalho e estava sentado num dos bancos para quatro passageiros. Como, àquela hora, não houvesse ninguém em pé, os que se sentavam nesses bancos eram obrigados a ficar de frente para os passageiros do outro lado, o que muitas vezes produzia certo constrangimento.

O banco em frente ao de Danilo estava vazio. Mas, em determinada estação, eles entraram: o pai, a mãe e a criança. Sentaram-se ali, bem à sua frente. Nada que chamasse sua atenção, exceto o cabelo loiro da criança e as maçãs vermelhas do rosto. Não devia ter mais de cinco anos de idade.

Estavam frente a frente, e Danilo fez menção de sorrir-lhe. A criança começou a cantar qualquer coisa e, naquele instante, Danilo se distraiu com algum pensamento. De modo que quase não notou quando, algumas estações adiante, a família desceu.

Ele continuou a viagem, mas percebeu que algo havia mudado. Já não era o mesmo. A música entoada foi tomando espaço em seu pensamento e, quando chegou em casa, percebeu que a canção ressoava cada vez mais alto.

Naquela noite, velou insone com a canção nos ouvidos. Chegou a ligar a TV, o que pouco adiantou. Abriu um livro, mas a melodia continuava ressoando incólume.

Quando amanheceu, dirigiu-se ao hospital mais próximo. O médico plantonista indicou-lhe o setor psiquiátrico. Àquela altura, sua cabeça latejava, e por várias vezes esteve próximo de perder os sentidos. Nenhum medicamento foi suficiente para que deixasse de ouvir.

Dali, seguiu para o Pinel, onde eu estagiava, e manteve-se convicto, o tempo todo, de que aquela criança exercera alguma influência. Mas conseguiu, de certa forma, superar o acontecimento, e agora estava casado, pensava em ter um filho.

Eis que, dois dias atrás, a criança lhe apareceu outra vez: ele retornava do trabalho e a viu do outro lado da rua. Era ela mesma: os cabelos loiros, assim como os dele.

Dessa vez, ele percebeu sua presença do outro lado da rua. Voltava da escola com a mãe e despertou nele um súbito desejo de persegui-la. Durante o trajeto, ele descobriu seu nome. A mãe o chamava de Cacá.

Postou-se bem ao seu lado enquanto esperavam o sinal abrir e, ali mesmo, a criança voltou a entoar a canção. A mesma canção que, à custa de tanto sacrifício, ele conseguiu manter longe de si.

E bastou isso para que a melodia retornasse a todo volume. Chegou a seguir a criança até o edifício em que a família morava.

Ao chegar em casa, transtornado, contou o que vira. Era ela, aquela criança, a causadora do mal, disso ele estava certo. Não quis retornar ao Pinel porque achava que não adiantaria.

Passaram a noite abraçados, mas a música já não lhe saía da cabeça. Teve a ideia de mostrar o demônio a Iara. Ela estava muito impressionada e concordou.

Na manhã seguinte, ambos ficaram de guarda na porta do edifício. Nenhum dos dois havia conseguido dormir na noite anterior; pareciam fantasmas.

Iara ainda não estava certa de que tudo fosse verdade, mas sentia-se bastante suscetível. Não sabiam como se dirigiriam aos pais da criança, nem se deveriam. Tudo aquilo parecia muito confuso.

Quando o ponteiro marcou as nove, ele finalmente surgiu. Vinha com a mãe e, ao que parecia, segurava uma prancha pequena de isopor numa das mãos — provavelmente ia a um clube nas cercanias.

Seguiram-no disfarçadamente, bem próximos. A mãe segurava-o por uma das mãos, sem suspeitar de nada.

Iara estava muito impressionada: a criança parecia um anjo, com seus cabelos loiros, encaracolados, e olhos azuis.

E ele cantou. Assim como fizera nas outras vezes. Cantou completamente distraído, e aquilo foi o bastante.

Porque, quando chegaram em casa, Iara já apresentava os sintomas.

Sugeri que ela retornasse à companhia de Danilo. Combinamos que, na semana seguinte, voltaria a me encontrar no consultório. Pedi que seu marido me telefonasse.

Três horas depois, recebi a notícia de que Danilo se suicidara.

## XIII

Ele tinha os olhos vidrados e a boca entreaberta. Os pulsos estavam cortados. Perdera muito sangue.

Seus pais, inconformados, traziam nos olhos uma expressão de perplexidade. Vê-lo ali, jogado ao leito, fez-me imaginar a luta, da qual ele ainda trazia as marcas.

Um morto com a expressão de quem ainda escuta.

## XIV

Na semana seguinte, Iara apareceu no consultório. Parecia conformada e, a julgar pela aparência, não dava mostras de grande sofrimento.

Disse que ainda escutava a música, mas em *pianíssimo*, nada que se comparasse às torturantes audições do marido. Era uma bela mulher em sua maturidade.

Um fato, porém, insofismável: para ambos, os sintomas não eram os mesmos. Para Danilo, a canção era torturante, a ponto de levá-lo ao suicídio. Para Iara, essa mesma canção tinha um efeito menos cáustico.

Acho que ela apenas adiantou uma decisão que eu já vinha amadurecendo dentro de mim quando me convidou para ver a criança.

De início, resisti. Toda a história soava pouco convincente. O que um psiquiatra, com especialização em psicanálise, poderia pensar de um caso como esse?

## XV

No dia seguinte, lá estava eu, diante do edifício, à sua espera. Iara não havia chegado. Achei-me ridículo. Aquela espera serviu ao menos para passar a limpo a minha vida. O céu azul me fez pensar nos meus antigos ideais: nunca é tarde para retomar velhos desejos.

Quando Iara chegou, trazia no rosto um brilho que talvez não combinasse com sua recente condição de viúva. Cheguei a lhe dizer algumas palavras no sentido de desistirmos, mas era tarde: ele acabava de surgir à porta de entrada do edifício, acompanhado da mãe.

Assim que atravessaram a portaria, ficamos em guarda. Ele vinha com a prancha em uma das mãos. Parecia um anjo, com seus cabelos loiros e cheios de cachos. Iara fez questão de que ficássemos bem próximos.

Era uma manhã de sol, e eu aguardava ansioso pelo momento em que, no trajeto até o clube, ele entoaria distraidamente sua canção. Eu era todo ouvidos. Iara também ansiava por esse momento. Naquele instante, senti uma estranha alegria.

Já nos aproximávamos do clube, e nada. Eu já tinha desistido de esperar quando, de repente, ele cantou. E, como sempre fazia, distraidamente.

Meus parcos conhecimentos musicais me permitiram identificar depois aquele pequeno trecho como um caso de trítono. Dentro da teoria musical, o trítono, ao dividir a escala diatônica em duas partes iguais, projeta as propriedades esquizantes do diabo, ao contrário dos intervalos de quinta e quarta.

## XVI

Larguei a clínica. Pode ser que as palavras continuem a me soar como num compêndio de anatomia. Mas, ao escrever essa experiência, a música me vinha intermitente ao ouvido. Acho mesmo que a cada palavra escrita, a cada frase, tem um pouco dessa estranha melodia.

# Um homem célebre

A baia de Guanabara parecia uma boca banguela. No dia vinte e oito de fevereiro de 1955, desembarcava no Rio de Janeiro, Emil Fontaine, músico erudito, natural de Nantes, para uma estadia de dois meses no Brasil. Recebido por autoridades e figuras do meio artístico, Emil era reconhecido mundialmente como grande compositor erudito. Seus trabalhos, filiados a corrente dodecafônica, tinha a influência de Schoenberg e Pierre Boulez.

Após uma longa turnê por mais de dez países europeus, regendo a orquestra de Stuttgard, Emil

Fontaine chegava ao Brasil a bordo do Transatlântico Megrimé. Era uma bela tarde de sol e Emil, ainda assim, não pôde esconder o desapontamento:

- Parece uma boca banguela.

## II

Nessa ocasião, debruçava-me sobre a literatura experimental e suas pesquisas de linguagem. Meus olhos estavam voltados para o asfalto, ainda que a arquitetura da favela onde nasci tivesse a ver com o labirinto dos textos que me chamavam tanto a atenção: os becos tortuosos, íngremes, as falsas ruas sem saída... Tudo aquilo me remetia à linguagem barroca. Esse estranho jogo de relações e analogias, acrescentava um novo elemento: Emil Fontaine.

Foi numa bela manhã de sol. Descendo a favela, deparei-me com o piano. O que representava aquilo? Que estranho capricho era aquele? E o piano vinha subindo, devagar, solene, aos trancos e barrancos, num frete de mudanças. Dentro dele, o autor da façanha: Emil Fontaine. O célebre compositor havia escolhido a Rocinha para passar as férias no Brasil.

## III

Essa é uma estória de deslocamentos, aproximações e fugas. Dava-me ao luxo, nessa ocasião, de inventar parentescos, unir coisas naturalmente heterogêneas. Emil não falava português. Pus-me à sua disposição como intérprete. Era mais uma fonte de renda, além dos novos contatos que a função permitia. Não passou muito tempo e tornei-me seu melhor amigo. Frequentei lugares que nunca havia dantes frequentado: um camarote no Municipal, uma noite no Copacabana, um jantar no Antiquarius, uma recepção em casa de banqueiros patrocinadores da arte e cultura no Brasil... Eu era a sombra de Emil. Tudo que me permitisse desejar, parecia estar agora ao alcance.

O mestrado em Literatura, o máximo que um jovem de periferia poderia se permitir, dava-me até então alguns horizontes: a cátedra numa faculdade, o aluguel de um quarto e sala na Zona Sul, um carro usado, um amor (talvez). Mas com a chegada de Emil, meus horizontes se ampliavam.

## IV

A vida vem de viés. Enquanto me embrenhava em altas rodas, Emil embrenhava-se no charco - e gostava. As férias foram se prolongando: dois, três, quatro meses. Certa noite, comunicou:

- Não volto para a Europa.

Sua casa, um barracão de zinco no alto da Rocinha, era uma afronta: no chão de terra batida, o piano luzindo.

Mas, à medida que o tempo passava, foi sendo cada vez menos requisitado. As noites de autógrafos, o encontro com políticos e personalidades, as grandes festas... Fui perdendo a função. Não passou muito tempo e me vi novamente diante da realidade.

## V

Agora, diante do corpo cadavérico, cercado de fotos dos grandes sambistas que fazia questão de colecionar, me vem à mente algumas lembranças dispersas. O dia em que me confidenciou seu grande sonho: compor sambas. As noites em que passava insone, em cima do piano, tentando compor uma série de acordes perfeitos.

Certa feita, quando eu já morava longe da Rocinha, tendo conseguido alugar um apartamento junto com um colega também professor, me pediu que viesse encontrá-lo, pois queria mostrar seu primeiro samba. Eu permanecia, para ele, seu grande conselheiro - através de mim conheceu os sambas de Cartola, Nelson Sargento, Nelson Cavaquinho. Agora queria que eu testemunhasse aquele grande momento.

Pus-me a escutá-lo e, logo na introdução, reconheci um antigo samba de Ataulfo Alves. O desenvolvimento da melodia me confirmou as suspeitas: era Ataulfo. Informei-lhe imediatamente.

A expressão de pesar em seu rosto apareceu-me com nitidez, seguida de um certo desânimo. Após esse dia, foram diminuindo suas tentativas de compor um samba.

Emil conheceu também a cachaça. Conheceu também Coralina. Teve com ela, dois filhos: João Agenor e Frederico. Emil Fontaine mantinha-se no firme propósito de esquecer o passado.

## VI

Teria conseguido?

Num canto da sala, avista-se uma bela foto, talvez original, de Pierre Verger. Essa é uma história de deslocamentos, aproximações e fuga. É a minha obsessão de inventar parentescos, criar correspondências. Na foto de Verger, Oxóssi é representado por uma bela negra num terreiro de candomblé.

Viro o rosto e dou de frente com Emil.

Teria conseguido?

## VII

Emil sobrevivia dos royalties de sua grande obra. Um dia, me apresentara seu agente, que volta e meia desembarcava no Brasil. Foi ele quem fez os preparativos para o translado do corpo. Através dele, uma parte da renda aferida com a obra seria transferida para Coralina e seus dois filhos.

## VIII

Olho mais uma vez Emil Fontaine, um derradeiro olhar, já que está tudo pronto para o translado. Coralina se despede e beija-lhe a face (os meninos não permaneciam no recinto).

A sua morte não foi manchete no Brasil - há muito se mantinha isolado dos acontecimentos. Do seu desembarque à sua morte, procedeu-se a um esquecimento gradativo. Com o passar dos anos, foi se afundando no álcool e raramente o viam debruçado ao piano.

Lembro-me daquela manhã de sol e o piano subindo. Agora, ali no canto da sala, apresentava marcas do tempo, com as teclas amarelecidas e carcomidas.

## IX

Durante todo esse tempo em que me mantive afastado de Emil Fontaine, pude concluir meu mestrado em Literatura Brasileira e, após algumas tentativas frustradas, consegui a primeira matrícula como professor do estado.

Permaneço obcecado pela correspondência entre as coisas.

## X

Nunca gostei de samba - talvez porque fossem abundantes. Povoaram minha infância. Qualquer samba, seja de quem fosse, sempre me pareceu pueril. Ao mesmo tempo, fui alimentando a ideia de uma obra composta de estranhamentos.

Anos mais tarde, concluí o doutorado na Alemanha, mas devo confessar que a obra tão alentada não consegui realizar.

## XI

O corpo de Emil Fontaine desce a favela da Rocinha em direção ao Aeroporto António Carlos Jobim. Chove muito.

pólen bold 90 gr/m2
tipologia calisto mt
impresso no inverno de 2025